La vie secrète des bigotes

Deesha Philyaw

La vie secrète des bigotes

nouvelles

Philippe Rey

Titre original : *The Secret Lives of Church Ladies*

7, rue Rougemont – 75009 Paris

www.philippe-rey.fr

Pour Taylor et Peyton,
et pour tous ceux qui essaient d'être libres

Qu'on se le dise : je ne suis pas tombée en disgrâce.
J'ai plongé
dans la liberté !

Ansel Elkins,
« Autobiography of Eve »

Eula

Eula réserve la chambre à Clarksville, à une certaine distance de chez nous. J'apporte de quoi manger. Cette année, c'est sushis pour moi et assiette de charcuterie et salade de pommes de terre pour elle. Rien de lourd. Juste assez pour nous nourrir. Et j'apporte le champagne. Cette année, qui comme toutes les autres pourrait être notre dernière, j'apporte trois bouteilles d'André Spumante.

Je nous ai aussi acheté quelques cotillons et les lunettes de l'année 2000. Les verres sont les deux zéros du milieu. D'après ce qu'on dit, à cause du bug de l'an 2000, la seconde qui suivra le compte à rebours de Dick Clark à Times Square pourrait bien nous trouver toutes les deux assises dans le noir. Mais ça ne me dérange pas. Parce que l'André se déguste tout aussi bien dans le noir.

À peine installée, Eula attaque la salade de pommes de terre et la charcuterie. Elle est très à cheval sur ce qu'elle mange. Sur presque tout, en fait. Elle aime les choses simples. Elle est professeure, comme moi, et nous devons prêter attention aux détails, même si Eula s'en soucie plus que moi. Mais elle ne peut pas savoir que j'ai acheté la salade de pommes de terre chez Publix, que j'y ai ajouté un œuf dur coupé en rondelles, de la moutarde, des pickles et du paprika, et que j'ai mis le tout dans mon Tupperware rouge. Elle se ressert, se tapote le ventre et me déclare que je me suis surpassée.

Une fois que nous avons fini de manger et sifflé une bouteille d'André, je prépare la douche. Nous l'aimons brûlante. La chaleur me détend, mais j'ai l'impression qu'elle a un autre effet sur Eula. Elle y reste longtemps après que j'en suis sortie. À travers la porte embuée de la douche, je vois son bonnet de bain rose. Elle a la tête baissée et je me demande si elle implore le pardon de Dieu pour s'être écartée de Ses bonnes grâces, car elle espère toujours Sa providence.

Il y a dix ans, quand Eula et moi en avions trente, nous étions les meilleures amies du monde depuis déjà la moitié de nos vies. Nous nous sommes connues en seconde au lycée, seules filles noires de notre classe d'excellence d'anglais. Eula était nouvelle ; sa famille venait de Caroline du Nord. Elle avait besoin d'une amie et moi aussi. Nous étions des rêveuses, nous organisions notre double mariage hawaïen dans la marge de nos cahiers de maths. Nos maris seraient cheminots, comme nos pères. Nous enseignerions au lycée, rejoindrions les dames patronnesses de la paroisse et serions voisines. Nos enfants joueraient ensemble.

Mais quand nos trente ans sont arrivés, nous étions professeures au lycée et faisions partie des dames patronnesses sans que nos autres rêves se soient réalisés. Nous avons fêté l'anniversaire d'Eula dans son appartement avec un trop grand nombre de vins panachés. Elle a terminé la soirée sur mes genoux, la jupe relevée jusqu'à la taille. J'ai vu son slip en coton blanc entre ses grosses cuisses noires. Elle sentait la vanille.

« Est-ce que parfois tu n'as pas l'impression que tu vas éclater ? » m'a-t-elle demandé. J'ai perçu son souffle chaud et fruité sur mon visage.

Je n'ai pas répondu, de peur que mon honnêteté lui fasse prendre ses jambes à son cou. Mais c'était sans importance, car elle n'arrêtait pas de parler, me suppliait de la toucher parce que personne ne l'avait jamais touchée là, en bas. Elle m'a confié qu'elle avait été une fille sage. Je le savais déjà. Adolescente, Eula ne s'était jamais éclipsée dans le dos de ses parents comme moi qui étais curieuse, puis déçue par ce qu'offraient les garçons mal dégrossis. Adulte, elle n'avait pas vécu comme moi de brèves aventures avec des hommes dont les noms ne méritaient pas d'être retenus. Eula s'était consacrée à la prière en attendant son Booz comme Ruth dans la Bible.

Eula a vraiment la foi. Elle ne s'embarrasse pas des questions qui me trottent dans la tête.

Mais ce soir-là, elle a fourré mes doigts dans son slip en coton blanc et n'a plus pensé à Booz. Quand nous nous sommes endormies, nous étions trempées de sueur. Le matin, Eula a étouffé ses remords dans le silence et le café.

Environ un mois plus tard, pour le Nouvel An, Eula m'a téléphoné pour me dire qu'elle avait retenu une chambre à Clarksville. J'ai apporté une pizza blanche et trois bouteilles d'Asti spumante.

Pour l'anniversaire d'Eula, l'année suivante, j'avais prévu un bon dîner chez moi. J'avais acheté chez le poissonnier d'Avery tout le nécessaire pour faire un gombo, son plat préféré. Eula aimait le gombo de ma grand-mère Pauline, mais sans okras, alors je l'avais préparé comme ça. Je l'avais cuisiné la veille, parce que Grand-Mère disait toujours que le gombo était meilleur s'il profitait d'une bonne journée au Frigidaire.

J'étais en train de mélanger le roux, ce que j'aime le moins dans la préparation du gombo parce que ça demande de la patience, quand Eula a appelé pour demander si on pouvait remettre le dîner à un autre jour. Reese, un avocat de notre groupe de célibataires étudiant la Bible, qu'elle fréquentait depuis à peine six mois, voulait l'inviter à dîner pour son anniversaire. C'était une surprise. Les mots se bousculaient dans sa bouche – *OhCarolettajecroisqu'ilvamedemanderen mariage* – et moi je continuais à mélanger mon roux.

« Tu comprends, hein ? s'est assurée Eula.

– Bien sûr. » J'ai essayé de trouver quelque chose à dire qu'Eula aurait envie d'entendre et qui ne sonnerait pas vexé ou amer dans ma bouche, mais rien ne m'est venu. C'était sans importance de toute façon parce qu'Eula n'arrêtait pas de jacasser, se demandait comment Reese avait réussi à deviner son tour de doigt et comment feindre la surprise quand il ferait sa demande.

Finalement, Eula et Reese ont eu tous deux une surprise ce soir-là. Leur dîner romantique dans un restaurant panoramique (la surprise d'origine) a été interrompu par la femme de Reese, dont il était séparé.

Eula a appelé plus tard pour me raconter ce qui s'était passé et sa colère semblait jaillir du téléphone. J'étais assise dans mon lit, j'écoutais, tout en mangeant mon second bol de gombo – avec des okras –, tandis que le mari d'une autre femme ronflait doucement à côté de moi.

Par la suite, Eula a rencontré d'autres Reese, d'autres « presque ». Mais elle finissait par les rejeter en leur reprochant d'être trop jeunes ou trop vieux. Trop fauchés ou trop bêtes. Ou alors c'étaient eux qui la rejetaient quand ils comprenaient qu'ils ne réussiraient pas à la convaincre de coucher avec eux, ni par la douceur ni par la pression. De nos jours, les Reese sont de plus en plus rares et ressemblent de moins en moins à Booz chaque année qui passe.

Je me demande parfois si Eula trouve des défauts à tous ces hommes parce que, au fond d'elle-même, elle n'en veut aucun et fait juste ce qu'on attend d'elle.

Mais Eula et moi n'abordons pas ce genre de sujet.

Après sa douche, Eula enfile un T-shirt blanc et un slip blanc en coton. Elle se renverse sur le lit king size, semble flotter sur les draps blancs impeccables, les oreillers rebondis et l'édredon floconneux. Elle a enveloppé ses cheveux dans un foulard de soie rose. Elle boit une longue gorgée au goulot de la deuxième bouteille d'André.

« Tu en veux ? » Elle me la tend.

Du pied du lit, je m'approche d'elle à quatre pattes. Quand je suis tout près, elle lève la bouteille vers ma bouche, la renverse sur ma chemise de nuit et glousse : « Je vais arranger ça. » Elle pose la bouteille sur la table de nuit et me culbute sur les oreillers. À califourchon sur moi, elle m'enlève ma chemise de nuit et lèche tous les endroits de mon corps touchés par le champagne.

Je me réveille environ une heure plus tard, encore soûle. Eula est debout et boit la dernière bouteille d'André. Elle a coupé le son de la télé, mais je vois Dick Clark présenter une petite fille blanche aux cheveux multicolores qui a eu du succès au début de l'année. Je ne me rappelle plus le nom de cette gamine et peu importe. Elle danse comme un pied et chante comme une casserole.

« J'ai pris une bonne résolution, dit Eula, les yeux mi-clos. Si je suis encore seule à la Saint-Valentin, ce sera la dernière fois sans un homme *rien* qu'à moi.

– C'est une grande résolution. » J'attrape la bouteille. Sa remarque amère sur sa solitude ne glisse pas sur moi aussi vite que d'habitude. « Qu'as-tu l'intention de faire ?

– Comme dit le pasteur : le Seigneur ne peut pas guider une voiture garée. Je dois me mettre en condition pour trouver quelqu'un et faire une place à un mari dans ma vie.

– C'est-à-dire ?

– Pour commencer, j'ai négligé le groupe d'étude de la Bible. Si je veux un homme croyant, je dois me trouver au bon endroit.

– C'est là que tu as connu Reese… »

Eula lève les yeux au ciel. « Et je vais redécorer ma maison, poursuit-elle. Telle qu'elle est actuellement, pas moyen qu'un homme s'y installe. Je veux créer de l'espace pour un mari.

– Genre feng shui ?

– Feng quoi ?

– Laisse tomber. » J'imagine Eula occupée à toutes ces activités dans l'espoir de se trouver un homme. Et moi je fais *quoi* en attendant ? Je distrais de temps en temps un petit ami marié ? Je passe le prochain réveillon de la Saint-Sylvestre sans elle ? Moi aussi, j'ai envie de changements, mais je n'ai aucun plan.

« Et je vais m'inscrire dans l'équipe de softball des célibataires de la paroisse, ajoute Eula.

– Tu n'aimes même pas le sport, dis-je en riant.

– Tu peux rire tant que tu veux. » Eula arrange les oreillers dans son dos. « Mais toi aussi, tu dois te faire un programme. Caroletta, tu n'as pas envie de retrouver quelqu'un quand tu rentres chez toi ? Quelqu'un avec qui tu passerais ta vie ? Tu ne veux pas être heureuse ? »

Je regarde Eula, ses frisettes plus très fraîches et moites d'avoir passé du temps entre mes jambes. En réfléchissant à ses questions, je sens remuer en moi quelque chose d'à la fois cruel et pitoyable qui menace de déborder. Depuis quand elle s'intéresse et se soucie de mon bonheur ? Qu'est-ce qu'elle en sait ?

« Je suis heureuse, dis-je d'une voix caressante pour paraître plus courageuse que je ne me sens. Maintenant. Ici. Avec toi. Et ça peut ne pas se limiter à ce soir. On pourrait…

– Caroletta, j'espère que tu n'as pas renoncé à te trouver un mari. Je suis en mission et toi aussi tu peux l'être. » Elle parle d'un ton morne, comme la vendeuse la plus épuisée du monde. Elle me tourne le dos et s'assoit au bord du lit, devant la télé.

« Eula, regarde-moi. S'il te plaît. »

Eula secoue la tête. Elle dit à la télé : « Je ne veux pas mourir vierge. Et toi, tu veux mourir vierge ? »

J'attends sans doute une seconde de trop avant de répondre.

Eula se retourne brusquement pour me faire face. « Tu… ne l'es pas ? »

Je ne sais pas ce qui est le plus drôle : qu'Eula s'imagine qu'à quarante ans mon cul n'a jamais baisé avec un homme durant toutes ces années ou qu'elle nous considère encore toutes les deux comme vierges après tout ce que nous avons fait ensemble au cours de ces mêmes années.

« Eula.

– Toi ? Avec un de ces cochons ? » Eula plaque sa main sur sa bouche. À cet instant, la dame du catéchisme saisit les rênes de la professeure de biologie. « Tu n'es pas *propre* ?

– Eula ! »

Je m'attends à ce qu'elle attrape ses vêtements et file. Mais non. Elle reste assise sur le lit, le corps secoué de sanglots. « Ça ne devait pas être comme ça », répète-t-elle en pleurant. Je ne sais pas bien ce que signifie ce *ça*. Moi et les hommes ? Moi et elle ? La vie ?

« Eula, comment ça devait être ? »

Elle se tourne vers moi. « Je veux simplement être heureuse. Et normale », dit-elle en sanglotant.

J'ai envie de combler le fossé entre nous, de la serrer contre moi et de la bercer jusqu'à ce qu'elle cesse de pleurer, de lui promettre que tout va s'arranger, mais je n'ose pas. Je ne peux pas tout arranger, pas à la manière qu'elle souhaite.

« Normale selon qui, Eula ? Selon des hommes morts depuis des milliers d'années ? Qui professaient que l'esclavage était super et traitaient les femmes comme leur propriété ?

– La Bible est la parole inerrante de Dieu, chuchote Eula d'un ton aussi provocant que peut l'être un chuchotement.

– Et tu ne crois ça qu'à cause de la façon dont un groupe d'hommes interprète le premier groupe d'hommes. On dit qu'il faut avoir foi en Dieu, pas dans les hommes. Tu crois que Dieu veut que toi ou n'importe qui passiez des dizaines d'années sans qu'on vous touche ? Toute une vie ? Comme sœur Stewart, sœur Wilson, sœur Hill, ma mère après la mort de mon père – toutes ces femmes à l'église qui pensent devoir choisir entre plaire à Dieu et une chose aussi fondamentale, aussi humaine que d'être étreintes et connues intimement. Si Dieu est devenu humain à un moment…

– Si ? » Eula crache ce mot.

« … alors pourquoi aurait-il établi des règles qui obligent à faire un choix aussi douloureux ?

– Je ne mets pas en doute la parole de Dieu.

– Mais tu devrais peut-être mettre en doute celle des gens qui t'ont enseigné cette version de Dieu. Parce qu'elle ne te rend pas service. »

Eula plisse les yeux. « Tu n'es pas celle que je croyais.

– Tu n'es pas non plus celle que tu crois être. »

À la télé, la foule de Times Square devient folle. Le moment du compte à rebours est presque arrivé. Eula et moi sommes couchées dans le lit, vêtues seulement de nos lunettes de l'an 2000. Les cotillons sont toujours dans le sac.

« J'ai envie de fêter un jour le Nouvel An à Times Square, dit Eula, mais ses paroles sont quelque peu brouillées par l'André.

– Avec moi ? On pourrait y aller l'année prochaine au lieu de venir ici. »

Eula ne répond pas.

Dick Clark déclare à une femme blanche dans la foule, coiffée d'un chapeau de Chapelier fou en velours violet : « *Nos amis des antipodes à Sydney en Australie ont été les premiers à fêter le Nouvel An. Et d'autres pays ont fait de même sans panne d'électricité ni pépin informatique. Pensez-vous que le bug de l'an 2000 a fait beaucoup de bruit pour rien ?* »

« J'ai peur, Caroletta.

– Je sais. »

Eula se met à chuchoter. Je m'approche pour entendre ce qu'elle dit et me rends compte qu'elle prie.

Quand elle dit *amen*, je me lève, vais au pied du lit et me mets à genoux. Les orteils d'Eula sont vernis du même rose que son foulard. J'attrape ses chevilles et la tire vers moi. Elle glisse sur les fesses jusqu'au bord, les pieds posés à plat sur le lit de chaque côté de ma tête. Elle écarte les jambes. Je pousse doucement ses cuisses jusqu'à ce qu'elle s'ouvre, comme un autel.

10-9-8…

Je parle en langues.

4-3-2…

Eula a ses prières et moi les miennes.

Pas-Daniel

Je me suis garée dans l'ombre, derrière l'établissement de soins palliatifs, et j'ai attendu, une boîte de préservatifs posée sur mes genoux, Magnum XL. J'avais l'impression d'avoir de nouveau seize ans, sauf que cette fois j'avais acheté les préservatifs au lieu de compter sur le garçon. Cette fois, le garçon était un homme, croisé quinze jours plus tôt à l'entrée principale de l'établissement de soins palliatifs et que j'avais pris pour quelqu'un avec qui j'étais au collège. J'arrivais, il partait. Je l'avais pris pour Daniel McMurray, je l'avais dévisagé plus longtemps que je n'aurais dû et il m'avait rendu mon regard. Plus tard dans la soirée, j'étais de nouveau tombée sur lui : il sortait de la chambre en face de celle de ma mère. Sa mère avait un cancer du sein, la mienne un cancer des ovaires.

J'ai regardé mon téléphone. *22h27*. J'avais bien calculé le temps nécessaire pour l'achat des préservatifs au Walmart. Pas-Daniel allait descendre dans trois minutes. Afin de ne pas éveiller la curiosité d'Irie, l'infirmière de nuit, nous ne quittions jamais l'étage au même moment, pas plus que nous n'y revenions. Elle ne s'appelait pas vraiment Irie, mais je la surnommais ainsi dans son dos parce qu'elle était Jamaïcaine. Et puis elle était méchante comme une teigne. Je m'étais plainte à la direction en suggérant que ses manières brusques conviendraient mieux à la morgue. Mais Irie aimait bien Pas-Daniel. Elle ne le prenait pas de haut quand il posait des questions sur les soins prodigués à sa mère. Il m'avait raconté qu'elle avait même plaisanté avec lui, un soir tard, lorsqu'il était arrivé en minishort de jogging : « Ben ça ! Si vous continuez à vous balader ici avec ce petit machin, quelqu'un pourrait bien avoir envie d'y toucher et de vous faire une toilette à l'éponge. »

Irie n'était pas idiote. Elle allait peut-être faire le lien et comprendre que Pas-Daniel et moi étions… étions quoi ? Comment qualifier cette relation quand nos mères sont voisines de fin de vie, que les nuits sans sommeil n'en finissent plus et que cette personne passe aussi ses journées en entretien avec les assurances, les créanciers, les banques, les pasteurs, la famille et les amis, dont certains sont mieux intentionnés que d'autres ? Cette personne qui est le fils dévoué comme vous êtes la fille dévouée, celle qui prend en charge toute la merde familiale, le garant, la bonne, le chauffeur, le psy, le conseiller professionnel, le distributeur de billets. Cette personne qui elle aussi souhaite et redoute en même temps la mort qui rôde alentour, actrice imprévisible.

Comment qualifier cette personne qui porte une alliance, mais ne donne jamais le nom de sa femme ? Une femme et deux enfants là-bas, chez eux, dans l'État voisin. Ne pas demander, ne pas en parler.

À 22 h 30 précises, Pas-Daniel a tapé contre la vitre côté passager. Nous sommes restés un moment assis en silence, comme toujours au début. Il m'arrivait de pleurer, à lui aussi, parce que nous le pouvions ici, hors de portée du Christ de nos mères, des infirmières en pilotage automatique, des platitudes vaines et de la théologie de bazar sur la volonté de Dieu déguisée en réconfort. Au bout d'un certain temps, l'un de nous prenait la parole.

Mais ce soir… comment commencer ? Reprendre là où nous en étions restés la veille ? Quand les divagations habituelles sur les obsèques et les frères et sœurs égoïstes s'étaient soudain transformées en baisers, s'étaient transformées en abandon de mon T-shirt, s'étaient transformées en mes mamelons dans la bouche de Pas-Daniel.

Ça a commencé ainsi : Pas-Daniel a pris la boîte de préservatifs, en a sorti un et a posé le reste sur le tableau de bord à côté de mon téléphone. Puis il a mis le sien à côté du mien. Je savais que le volume de la sonnerie de son téléphone, comme du mien, était au maximum, parce que l'appel, cet appel, pouvait se produire à tout moment. Puis il a pris mon visage entre ses mains et m'a regardée. J'ai baissé les yeux.

« Non, a-t-il dit. J'ai besoin que tu sois… là. Entièrement là. »

En levant les yeux pour croiser son regard, j'avais l'impression d'être Sisyphe poussant son rocher. Je lisais dans son regard *femmeenfantsmèremourante*. J'ai cligné plusieurs fois des yeux jusqu'à y voir clairement.

Sur la banquette arrière, Pas-Daniel m'a déshabillée, s'est déshabillé et a enfoui son visage entre mes jambes. J'ai passé les bras par-dessus ma tête, saisi la poignée de la portière derrière moi et j'ai pleuré tout en jouissant encore et encore.

Quand Pas-Daniel a enfilé le préservatif et m'a fait mettre à genoux, mes jambes étaient toutes molles et inutiles. Il m'a retournée, a appuyé sa main au milieu de mon dos et m'a poussée en avant. Il s'est enroulé autour de moi et m'a pénétrée. Il était brutal mais sans méchanceté.

Je me suis demandé s'il pensait à la même chose que moi : et si l'une de nos mères mourait pendant que nous nous grimpions dessus, comme disait ma grand-mère ?

Mais dans l'espace réduit de la banquette arrière, cet espace occupé par notre peine et notre désir, il n'y avait pas de place pour la culpabilité ni pour la peur. Seulement pour le soulagement.

C'est ce que j'ai dit à Pas-Daniel. Nous étions épuisés tous les deux, nos dos en sueur collés au siège en cuir.

« *Soulagés ?* » Il a froncé les sourcils, puis souri. « Soulagés ? Alors je n'ai pas réussi à envoyer la purée.

– Si, si. Tu as… envoyé la purée. La purée a été envoyée. Et reçue. Mais j'ai une question…

– Vas-y.

– Est-ce que tu avais peur que l'une d'elles meure pendant qu'on était là ?

– L'idée ne m'a jamais traversé l'esprit.

– Vraiment ?

– Vraiment. Écoute, soit j'envoie la purée, soit je pense à ma mère, en train de mourir ou pas. Je ne peux pas faire les deux à la fois. »

Je me suis mise à rire, même si je sentais que je n'aurais pas dû. Même si rien n'était comme cela devait être.

Ma chère sœur

Chère Jackie,

J'ai recommencé cette lettre au moins cinq fois de cinq façons différentes. Finalement, je me suis dit que soit tu la lirais, soit tu ne la lirais pas et que ça n'aurait rien à voir avec la façon dont je l'aurais écrite. Ça dépend de qui tu es, de ce que tu as vécu et de ce que ça signifie pour toi d'avoir le même père que mes sœurs Renee, Kimba, Tasheta et moi. Peut-être que ça ne veut rien dire pour toi. Peut-être que tu as eu une belle vie sans notre père, et j'espère que c'est le cas. Peut-être que c'est très important pour toi, que tu as toujours voulu le connaître et que tu as souffert parce que ça n'est jamais arrivé. En tout cas, tu as le droit de savoir que notre père Wallace « Stet » Brown est mort la semaine dernière d'une attaque.

D'après ce que nous savons, tu ne l'as jamais rencontré. La dernière fois qu'il t'a vue, tu étais bébé. Si c'est le cas et si ça peut te consoler, sache que tu n'as pas raté grand-chose. (Tasheta, notre petite sœur, m'a demandé de te le dire. Nous sommes toutes réunies dans la maison de Mamie et tout le monde parle en même temps pour me suggérer quoi écrire.

Je préfère les ignorer. Elles m'ont choisie pour écrire cette lettre parce que je vais droit au but et je ne mâche pas mes mots. Mais j'ai aussi du tact, contrairement à Tasheta.)

Oh ! Si tu te poses la question, nous l'avons toujours appelée « la maison de Mamie », même si Papy y a aussi vécu, quand il était vivant. Il est mort d'une crise cardiaque en 2002, paix à son âme. Tu l'aurais adoré. Tout le monde l'adorait. Il avait toujours une blague ou une histoire drôle à raconter. C'était quelqu'un de bien, comme Mamie. Leurs enfants ont mal tourné ou ont eu des problèmes, d'une façon ou d'une autre, même s'ils ont fait de leur mieux pour bien les élever. Mais il y a des gens qui n'en font qu'à leur tête, tu comprends ?

Bref, revenons à Stet. Tasheta a raison. Tu n'as pas raté grand-chose. Stet – tout le monde, sauf Mamie, l'appelait « Stet », parce qu'au lycée il portait un stetson –, Stet n'était pas un très bon père. Nous, les filles, avions chacune une relation différente avec lui, jamais saine et jamais celle dont nous avions besoin.

Kimba est l'aînée et la conciliatrice. Elle appelait notre père « Wallace », mais la plupart du temps elle faisait comme s'il n'existait pas. Pendant des années, elle a empêché Tasheta et Renee de s'étrangler. Elle a fait Harvard. Sa mère (Jan) et la mienne étaient amies… avant Stet. Mais à l'époque où Kimba et moi étions à l'école primaire, elles ont mis de côté leurs différends et nous ont élevées comme des sœurs. Maman disait : « Vous aurez besoin l'une de l'autre un d'ces jours. Jan et moi, on sera pas toujours là. Et une chose est sûre, vous pourrez pas compter sur votre père, ça non. »

Bref… Kimba habite maintenant à Philadelphie avec son mari et ses deux enfants. Ta nièce et ton neveu. Elle est la seule d'entre nous à avoir des enfants et c'est la plus calme. Comme je disais, la conciliatrice. Elle est venue dès que Renee lui a annoncé la nouvelle et elle donne un coup de main à Mamie.

Mais je vois bien qu'elle ne pense qu'à une chose, c'est à ficher le camp d'ici et reprendre sa vie.

À propos de Mamie… Je ne pense pas qu'Alzheimer soit complètement installé, mais ça vient. Si elle ne se rappelle pas toujours nos noms, elle sait que son petit garçon est mort. Et ça l'attriste. Elle pleure de temps en temps. À soixante-quinze ans, elle a enterré son mari et tous ses enfants sauf un, notre oncle Bird, qui s'est installé ici pour s'occuper d'elle à la mort de Papy.

La semaine dernière, après l'arrivée de Kimba, nous nous sommes retrouvées pour le dîner chez Mamie. Ses voisins et les gens de son église avaient apporté de quoi manger. Nous avions de la nourriture pour plusieurs jours : poulet frit, poulet au four, macaronis au fromage, légumes, œufs à la diable, salade de pommes de terre, doliques et riz, quatre-quarts.

Assises là, nous mangions et tout ça, quand Mamie a dit : « Et alors, laquelle qu'est enceinte ? » Elle agitait un pilon de poulet comme une baguette. « J'ai rêvé d'poisson presque toutes les nuits d'la semaine. »

Nous avons entendu parler des rêves poissonneux de Mamie toute notre vie. Avec sept enfants, dix-neuf petits-enfants (toi y compris), huit arrière-petits-enfants et trois arrière-arrière-petits-enfants, Mamie a beaucoup rêvé de poissons.

« Y a quelqu'un ici qu'est enceinte », a-t-elle marmonné.

Renee, Kimba et moi, nous nous sommes regardées et avons secoué la tête. « Ce n'est pas nous, Mamie », a dit Renee. (Tasheta n'était pas encore arrivée ; elle est toujours en retard.)

Bref… Mamie et ses rêves poissonneux ont annoncé l'existence de tous ses enfants, petits-enfants, arrière-petits-enfants et arrière-arrière-petits-enfants. (« À part Khalil, nous rappelait-elle toujours. Vous savez que Derrick a amené cette fille seulement quand le bébé avait deux semaines. Et vous savez qu'elle a eu le culot de prendre la mouche parce que je lui ai dit qu'elle aurait pas dû sortir ce bébé si vite sans chaussons, sans chapeau, ni rien. Même si on était en juin. » Juin 1986, mais Mamie parle encore de cette fille et du bébé comme si c'était hier. Khalil a dix-neuf ans et il est papa lui aussi !)

Si Mamie rêve de poissons, il y a un bébé dans le ventre de quelqu'un de la famille. Tout le monde raconte qu'elle ne s'est trompée qu'une seule fois et met ça sur le compte de son séjour à l'hôpital à l'époque à cause de complications liées à son diabète : elle délirait sans doute parce qu'elle était malade. Mais Jackie, je vais te révéler un secret que seules nos sœurs connaissent : je savais que ce n'était pas vrai. Je me sens plus coupable d'avoir gâché le bilan de Mamie aux yeux de la famille que d'avoir avorté aux yeux de Dieu. Quinze ans après, Mamie continue de se plaindre que « le sucre est encore pire que ce qu'en pensent les toubibs. Il chamboule les rêves des gens… ». Mais je n'ai pas le courage de lui dire ce que j'ai fait.

Sauf que cette fois ce n'est vraiment pas moi qui suis enceinte. J'en suis certaine, parce que je n'ai couché avec personne depuis presque un an. Parce que les hommes sont fatigants et que je n'ai pas le courage. Tu es mariée ? Tu as des enfants ?

Bref… C'est peut-être une de nos cousines ou une petite-cousine. Ou Tasheta. Mais elle fait des piqûres de Depo-Provera…

Je sais qui n'est certainement pas enceinte : notre sœur du milieu, Renee. Parce qu'elle est sans doute encore vierge. Renee est assurément celle d'entre nous qui se fait le plus d'illusions sur Stet. Elle est ma vraie sœur de sang. (Je n'aime pas y penser, mais je crois que ma mère a eu envie de faire deux fois la même erreur avec Stet.) Renee et moi n'avons pas grand-chose d'autre en commun. Comme quand il s'agit de Stet. À l'école primaire, elle racontait à tout le monde que Stet et Maman étaient mariés, qu'il nous emmenait en croisière aux Bahamas tous les ans et qu'il lui avait offert une maison de poupée Barbie à Noël. Et tous les ans, un autre gros cadeau. Stet partait vraiment en croisière aux Bahamas tous les ans… avec ses copines. Et il ne nous a jamais offert de cadeaux. On ne pouvait compter sur lui que pour rompre ses promesses, verser en retard la pension alimentaire (quand il en versait même une) et nous envoyer passer l'été chez Mamie. Ces étés sont la seule bonne chose que je peux lui reconnaître, même si, après tout, il n'y était pour rien parce qu'il traînait dans les rues tout le temps que nous étions là-bas.

Mais rien de tout ça ne déconcertait Renee. Elle achetait une carte et un cadeau à cet homme à chacun de ses anniversaires, à chaque fête des Pères, à chaque Noël. Comme s'il était le papa de l'année ou je ne sais quoi. Maman me demandait si moi aussi je voulais lui offrir quelque chose. Ah, non alors ! C'est exactement ce que je lui disais. *Ah, non alors !*

Et donc, Tasheta et moi, nous avons trouvé notre place quelque part entre Kimba et Renee. Dans une espèce de purgatoire pour ses filles qui n'espéraient pas le moindre cadeau d'anniversaire ou de Noël de sa part, mais qui souffraient sacrément chaque fois qu'il n'y pensait pas.

Un jour, c'était la fête des Pères, Renee et moi étions à l'église avec Mamie. Renee avait dix ans, moi treize. Stet avait promis à Mamie qu'il viendrait. Il promettait toujours à Mamie qu'il viendrait. Renee et moi étions assises à côté de Mamie au deuxième rang à droite de l'autel, là où elle s'asseyait toujours. Renee n'arrêtait pas de se retourner pour regarder l'entrée de l'église. Je sais qu'elle pensait voir Stet arriver d'une minute à l'autre. Elle tenait un cadeau, une paire de chaussettes qu'elle lui avait achetée et qu'elle avait emballée dans du papier à motifs de Noël. Le pasteur terminait le sermon et Renee continuait à se retourner. Mamie lui tapotait le genou et la serrait contre elle. Mais elle ne cessait de regarder derrière elle.

Le pasteur a appelé à la communion, invitant ceux qui voulaient recevoir Jésus dans leur cœur à s'approcher. Ensuite, il a demandé à tous les pères de s'avancer pour se consacrer ou se consacrer de nouveau au bien de leurs enfants. Renee regardait ces hommes s'avancer, s'agenouiller devant l'autel et promettre d'être de bons pères. Elle a tourné la tête une dernière fois et s'est mise à pleurer.

En sortant de l'église, elle a jeté les chaussettes dans une poubelle. Si j'avais pu la consoler ce jour-là, je l'aurais fait. Mais je ne pouvais pas. Je pouvais juste lui dire les mots que j'avais entendu notre mère prononcer à propos de Stet : « Il ne nous mérite pas. » Je savais que c'était vrai – il ne nous méritait pas. Mais je pense que Renee ne l'a jamais cru. Je pense qu'elle n'a jamais appris ce qu'elle méritait, ce qu'elle valait.

J'ai dû faire une petite pause dans ma lettre. Me servir une autre assiette. En me rappelant ce jour de la fête des Pères à l'église il y a des années, je me suis demandé à quoi ressemblaient les fêtes des Pères pour toi, ainsi que tous les autres jours. Vaut-il mieux un gros chagrin à cause d'un père absent et pas tous les petits chagrins quand il te déçoit ? Ou vaut-il mieux avoir un fantoche de père et tous les chagrins qui vont avec ?

Enfin, ce n'est pas comme si on avait eu le choix, ni toi ni nous. Mais maintenant, il nous faut décider de la place à lui accorder.

J'espère vraiment que cette lettre ne te rend pas les choses plus difficiles. Ce n'était tout d'abord pas notre idée de te contacter. En grandissant, on a entendu des trucs de temps en temps, qu'il y avait une autre sœur, mais on n'y faisait pas attention. Et puis il y a quelques jours, alors qu'on était réunies ici, Miss Margaret, la voisine de Mamie, est passée avec une tourte aux patates douces.

Elle a dit : « Vous aviez pas une autre sœur… une grosse ? »

On ne savait pas du tout de quoi elle parlait.

« Elle est venue il y a quelques années. Elle était mariée à un gars du Nord.

– Oh, c'était moi, Miss Margaret, a dit Kimba. Mon mari est de Philadelphie. Et j'étais enceinte la dernière fois que je suis venue.

– Non, tu étais grosse, c'est tout. Je me souviens quand tu étais enceinte. »

Je te jure, les vieux se permettent de raconter des crasses parce qu'ils savent qu'on ne peut pas les brusquer. Kimba m'a regardée l'air de dire : « C'est une vraie salope, non ? »

Et Miss Margaret continuait à parler : « Et y en avait une autre comme vous… une autre fille que Stet a eue.

– On ne la connaît pas, a dit Renee un peu trop vite.

– Eh ben, elle a le droit de savoir », a répondu Miss Margaret. Elle s'est tournée vers Mamie. « Tu crois pas qu'elle a le droit de savoir, Mae ? »

Mamie a levé le nez de sa part de tourte. « Qui ? »

Miss Margaret a secoué la tête. « Laisse tomber. »

Tasheta est entrée à ce moment-là, bruyamment et au téléphone, comme d'habitude. « Ma fille ! Dis-lui que tu ne lis pas dans les pensées. Il ferait mieux de le dire s'il veut être sucé. Pas de pipe s'il ne demande pas ! » Elle a ri de ses bons mots. « Je suis sérieuse… Écoute. Tu connais la loi "Pas d'enfant laissé sans éducation[1]" ? Moi je dis "Pas de renoi laissé sans être pompé".

– Tasheta ! » Renee s'est levée d'un bond. « C'est dégoûtant. Un peu de respect. »

Tasheta a approché sa main ouverte à quelques centimètres du visage de Renee. Fin de la dispute. Elle portait encore ses vêtements d'hôpital et avait rassemblé ses petites tresses en chignon.

Miss Margaret a fait la grimace. « Seigneur Jésus, il faut que je sorte d'ici ! Mae, je viendrai te voir plus tard. Prends soin de toi. »

Tasheta a mis fin à sa conversation et embrassé Mamie sur la joue. « Bonjour, Mamie.

– Dieu sait où cette bouche est allée se fourrer, a marmonné Miss Margaret en gagnant la porte.

– Merci d'être passée, Miss Margaret, a dit Kimba en la suivant jusqu'à la véranda. Et merci pour la tourte. Nous vous verrons samedi à la cérémonie. »

Cette scène te dit presque tout ce qu'il faut savoir sur Tasheta. Bon, ça et aussi qu'elle venait de fêter le cinquième anniversaire de sa liaison avec un de ses petits amis mariés.

Kimba a demandé à Tasheta : « Est-ce que tu te rappelles avoir entendu Wallace dire qu'il avait une autre fille ? »

Renee a soufflé. « Allez, Mamie. Je vais te faire couler un bain. Il est tard. »

Tasheta a réfléchi à la question de Kimba entre deux bouchées de macaronis au fromage, qu'elle mangeait à même le plat. « Non. Ça ne me dit rien.

– Miss Margaret pense qu'on devrait entrer en contact avec elle. Mais on ne sait rien sur elle.

1. No Child Left Behind Act : loi de 2001 sur l'éducation.

– Tu as demandé à Tonton Bird ? »

Tasheta, bien qu'extravagante, est intelligente. Sa mère, strip-teaseuse, a tout fait pour que Tasheta étudie et aille à l'université comme nous toutes. Elle est infirmière, Kimba professeure, Renee institutrice en maternelle et moi directrice de programme dans une association d'aide sociale sans but lucratif. Et toi ?

Donc… Je me suis portée volontaire pour aller parler à Tonton Bird (Bert de son vrai nom) de retour dans la chambre qu'il partageait avec Stet quand ils étaient gosses. Tonton Bird avait les yeux rouges d'avoir pleuré. La mort de Stet l'a vraiment secoué. C'était son grand frère et son meilleur ami.

Tonton Bird avait oublié ton nom et se souvenait seulement du prénom de ta mère. Il se rappelait aussi que ta mère était venue quelquefois chez Mamie et qu'il t'avait vue un jour quand tu étais bébé.

« Ton père, c'était pas n'importe qui. » Tonton Bird était étendu sur son vieux lit. Je me suis assise sur celui de Stet. « Rien ne lui échappait. Tu sais, à l'époque, je traficotais. Et il m'a interpellé là-dessus. On buvait un coup avec des copains. Je venais de rentrer de Miami et je m'occupais d'une affaire, mais j'ai pas dit de quelle affaire. Stet m'a pointé du doigt et a dit : "Y a que quelques trucs qui poussent un mec à aller à Miami… acheter de la came, voir des mômes ou faire d'autres mômes." »

Tonton Bird a ri. « Et j'ai répondu : "Mec, je *sais* que tu parles pas de quelqu'un qui a toute une bande de mômes. T'es le seul enfoiré que je connaisse qui parle de ses gosses comme d'un jeu à pique." » Tonton Bird a imité la voix traînante de mon père : « "Euh… J'en ai cinq et peut-être un autre." »

Nous avons ri tous les deux. Et Tonton Bird s'est remis à pleurer. Le chagrin est ainsi. Il n'avait pas seulement perdu Stet. Il avait aussi perdu ses quatre autres frères et sœurs, tous trop tôt. À cause de la drogue, de la violence ou des deux. Nous avons à peine connu nos oncles et tantes.

En revenant dans la salle à manger, j'ai vu que Tasheta versait des shots de tequila pour Kimba et elle. Elle est allée chercher un autre verre et m'en a versé un aussi.

Tu ne seras sans doute pas surprise d'apprendre que Renee ne voulait pas qu'on te retrouve. (Et qu'elle faisait la gueule devant la tequila.) Elle a dit que tu viendrais sans doute fureter en pensant que Stet avait laissé de l'argent. Je lui ai rappelé qu'à sa mort Stet n'avait même pas un pot où pisser ni une fenêtre pour balancer son contenu. Ne fais pas attention à elle. Je te l'ai dit, elle se fait des illusions. Après toutes ces années, elle est encore la fille qui l'adore. Elle venait toutes les semaines, faisait les courses et cuisinait pour lui. Le vendredi soir elle regardait la télé chez lui comme une petite vieille. C'est elle qui l'a trouvé mort par terre dans la salle de bains. Je lui ai demandé un jour si elle avait un petit ami. Elle m'a répondu qu'elle voulait quelqu'un qui lui ferait la cour, pas un petit ami, et qu'un jour l'homme que Dieu avait choisi pour elle la trouverait. Je me suis demandé comment il pourrait la trouver puisqu'elle n'allait nulle part ailleurs qu'à son travail et chez Stet. Pensait-elle que le type du câble ou le concierge de l'immeuble de Stet était celui que Dieu avait choisi ?

Pendant qu'on dégustait notre tequila, le téléphone de Tasheta a sonné. Kimba a baissé les yeux et lu le nom du correspondant : « "Fan Rectal" ? Tasheta, c'est quoi ce truc ? »

Tasheta a saisi son téléphone. « Occupe-toi de tes affaires ! » Elle est partie au salon et a entamé une nouvelle conversation sonore.

On aurait dit que Renee allait tomber dans les pommes. Kimba et moi, on s'est contentées d'un autre shot.

Quand Tasheta est revenue dans la salle à manger, Renee était encore en rogne. « Tasheta, même si tu n'as pas d'amour-propre, tu devrais au moins respecter le caractère sacré du mariage des gens. » Tasheta s'est servi un autre shot. « Je respecte leur mariage, jusqu'au moment où ils ne veulent plus que je le fasse », dit-elle en posant brusquement son verre sur la table.

Kimba a gloussé et je n'ai pas réussi pas à me retenir. On a éclaté de rire – toutes sauf Renee, bien entendu.

« Vous deux, vous approuvez son comportement ? » a demandé Renee.

Kimba, détendue par la tequila : « Ce n'est pas à moi d'approuver ou de désapprouver. Tash a un cul d'adulte.

– T'occupe pas, Kimba. Quand tu n'es pas là, je me contente d'ignorer Miss Sainte-Nitouche, dit Tasheta.

– Revenons à notre sujet…, a dit Renee. Tant mieux si Tonton Bert ne se rappelle pas le nom de cette fille. Il y a une raison à tout.

– Seigneur ! Je parie que ta langue maternelle a pour nom “cliché”.

– Je ne te permets pas…

– De prononcer le nom du Seigneur en vain, bla, bla, bla. Tu te rends compte que tu te cramponnes à un père blanc imaginaire parce que ton père en chair et en os n'était qu'une merde ? Eh bien, tu sais quoi ? Ton père blanc imaginaire ne vaut pas mieux. Sinon, il t'aurait donné un vrai père qui valait le coup. »

Renee a pris une profonde inspiration, a tourné le dos à Tasheta et s'est adressée à Kimba et moi. « Comme je le disais, tant mieux. De toute façon, elle n'est pas vraiment comme nous.

– Comme nous ? » Tasheta a ri. « Et on est qui exactement ? Sinon une ribambelle de femmes engendrées par le même bon à rien qui avait un faible pour les filles à peine majeures. Elle est absolument *comme nous.*

– Je *veux dire* – Renee s'est retournée brusquement pour faire face à Tasheta –, elle ne connaissait pas notre père comme nous. Et même si tu n'avais aucun respect pour lui de son vivant, montres-en au moins un peu maintenant qu'il est mort. »

Tasheta a voulu répondre, mais Kimba lui a coupé la parole. « Du calme, mesdames. Vous me tapez sur les nerfs. » Elle s'est frotté les tempes.

Tasheta a gloussé. « Ma fille, c'est la tequila.

– La Bible dit : "Honore ton père et ta mère…", a récité Renee.

– *Honore ton père* ? a crié Tasheta. Quand donc cet enfoiré t'a-t-il honorée ? Ou moi ? Ou Kimba ? Ou Nichelle ? Ou qui que ce soit d'autre que son insignifiant ego ? Putain, pas question que je l'honore.

– Blasphématrice ! » a hurlé Renee en se bouchant les oreilles.

Tasheta a ri. « Tu te fous de moi, là ?

– Vous deux ! Moins fort, a sifflé Kimba. Mamie et Tonton Bird se reposent. »

Renee a baissé le ton. « Je sais une chose. Tu as intérêt à ne pas faire de scène à l'enterrement. »

Tasheta a penché la tête. « Sinon ? »

(Cela t'intéressera peut-être d'apprendre que Tasheta est la seule d'entre nous qui sait se battre. Kimba discute avec toi jusqu'à ce que tu demandes grâce. Renee prie pour toi. Et moi je me contente de dire un paquet de conneries mais sans trop m'en mêler.)

« Ou… ou je te ferai sortir de l'église sous escorte.

– Ouais, d'accord. Je te souhaite bonne chance.

– Je suis sérieuse, Tasheta. Les obsèques servent à honorer les défunts et à réconforter les vivants. Si tu ne peux pas respecter ça, il ne faut pas que tu viennes.

– Écoute, je sais, tu penses que tu es responsable, que tu étais sa préférée et tout le reste. Si ça te fait plaisir. Mais tu ne me donnes pas d'ordres. Tu. Ne. Me. Donnes. Pas. D'ordres. Merde. » Tasheta a ponctué chaque mot de sa dernière phrase par une tape sur la table.

« On peut conclure une trêve ? a demandé Kimba.

– Non ! se sont exclamées Tasheta et Renee.

– Renee, ai-je dit. Arrête de faire comme si on formait une grande dynastie et que Stet était une sorte de patriarche. Et si tu cites la Bible, cite en entier. "Honore ton père et ta mère"– c'est le premier commandement avec une promesse – "afin que tu sois heureux et que tu vives longtemps sur terre." Ça y est, j'ai compris. Tu essaies d'obtenir une couronne au paradis. Et tu voulais désespérément que cet homme t'aime aussi. Et c'était peut-être le cas. Mais respecte le fait que nous autres ne voulions pas la même chose que toi et n'avons pas reçu ce que tu penses qu'il t'a donné. »

Renee a croisé les bras et s'est mise à pleurer. Elle ressemblait tellement à la fillette de dix ans ce jour de la fête des Pères à l'église que j'ai failli me rétracter. Failli seulement.

« Et, ai-je repris, si on veut que les choses soient bien claires, le verset suivant dit : "Pères, n'irritez pas vos enfants, mais élevez-les en les corrigeant et en les instruisant selon le Seigneur."

– En d'autres termes, si tu ne le saoulais pas avec la Bible, laisse-moi tranquille avec ça, a dit Tasheta.

– Et toi… » Je me suis tournée vers Tasheta. « Nous ne sommes pas seulement les gosses d'un bon à rien. Nous sommes sœurs. On ne s'entend pas toujours bien, mais on s'est toujours serré les coudes. Je ne vais pas m'habiller en noir et assister à la cérémonie à l'église parce qu'il était un père génial. Nous savons toutes qu'il ne l'était pas. J'irai parce que j'aime Mamie, Tonton Bird, Renee, Kimba et ta tête de lard.

Stet était notre lien, mais ce n'est pas comme si on n'avait pas passé toute notre vie ensemble, 99 pour cent du temps sans lui. Nous passions tout l'été dans cette maison à jouer toute la journée dans le minuscule jardin parce que Mamie ne voulait pas nous laisser franchir la grille. Vous vous rappelez ? »

Kimba et Tasheta ont hoché la tête et se sont mises à rire. Même Renee a souri.

« Vous vous rappelez le jour où on est rentrées après avoir joué et Tonton Bird a dit : "Bon Dieu, vous puez comme des boucs !" a ajouté Kimba.

– Et Mamie l'a frappé dans le dos avec un journal roulé parce qu'il avait juré chez elle ? » dit Renee en fronçant les sourcils en direction de Tasheta.

Nous avons encore ri, puis nous sommes restées assises en silence pour la première fois de la journée, plongées dans nos souvenirs. Il y avait eu de bons moments, des moments où nous étions proches. Ces étés chez Mamie. Les nuits passées chez l'une ou chez l'autre pendant l'année scolaire. Les échanges de vêtements. Les excursions à Disney World. Les inquiétudes à propos des garçons. Les griefs au sujet de nos mères. Les coiffures que nous nous faisions. Les bals de promo. Les remises de diplômes. Le mariage de Kimba.

Et Stet n'avait rien eu à voir avec tout cela. Parce que c'était un homme qui prenait sans donner, nous n'avions rien à pleurer.

Tasheta a rompu le silence. Elle s'est levée et s'est préparé une assiette avant de partir. « Je travaille demain matin. Je m'en vais. » Elle a pris ses clés et son sac, a embrassé tout le monde, sauf Renee.

Maintenant, tu dois penser que cette famille est un sacré bordel, et que tu n'as aucune envie d'avoir affaire à nous. Mais je te le promets : on est les meilleures sœurs du monde. Je vais te raconter ce qui s'est passé ensuite.

La fois suivante où nous nous sommes toutes retrouvées, c'était pour nous rendre aux obsèques en limousine. Renee nous a mises, nous les sœurs, dans une limousine et Mamie, Tonton Bird, le mari de Kimba et leurs enfants dans l'autre.

Renee et Tasheta étaient encore en pleine guerre froide, mais au moins elle était froide. Le matin des obsèques, Tasheta est arrivée chez Mamie en robe noire dos nu et talons transparents, mais elle a accepté d'enfiler la veste que Renee a sortie du coffre de sa voiture.

Les obsèques étaient… des obsèques. Renee, Mamie et Tonton Bird ont pleuré. Les enfants de Kimba ne tenaient pas en place ; leur mère essayait de les occuper en leur donnant des biscuits. Ma mère était assise au dernier rang ; je ne l'ai pas vue, mais elle m'avait dit que c'était là qu'elle serait. Quelques copains de Stet qui ne le connaissaient pas comme père sont venus parler du grand ami qu'il était. Le chœur a chanté deux airs. Le pasteur a parlé de l'engagement de mes grands-parents pour protéger la vie de leurs enfants et des enfants de leurs enfants, ce qui à mon sens était bien tout ce qu'il pouvait dire. Puis il a fait ce que font toujours les pasteurs aux obsèques de quelqu'un qui n'a pas franchi le seuil d'une église depuis plusieurs décennies : il a rappelé aux présents leur statut de mortels et le lieu où ils risquaient de passer l'éternité s'ils ne se mettaient pas en règle avec Jésus.

Jésus et moi nous sommes mis d'accord lors d'un appel à la communion il y a de cela des années et j'ai donc décroché à ce moment-là. Stet et moi avions également fait la paix depuis longtemps. J'ai cessé d'espérer qu'il soit un père pour moi et il a cessé d'espérer que je sois Renee. Quand le diacre est venu nous inviter à quitter l'église à la fin de l'office, j'étais plus que prête à sortir.

Au cimetière, nous les sœurs avons entouré Mamie et Tonton Bird quand on a mis le cercueil en terre. Puis tout le monde est retourné à l'église pour le repas et je suis restée seule devant la tombe. Je n'étais pas encore prête à me retrouver au milieu de la foule.

Mais bien sûr, les Noirs sont incapables de vous laisser tranquille. Un homme à la peau claire avec des bajoues et des cheveux grisonnants s'est approché de moi. « Je vous présente mes sincères condoléances, a-t-il dit.

– Merci.

– J'étais l'ami de votre père. Chauncey ? » Chauncey attendait un signe de reconnaissance de ma part. N'en voyant pas, il a continué à parler en agitant son index devant moi.

« Vous savez, votre père parlait tout le temps de vous. Il était fier. Toujours des A à l'école. L'université et tout ça. Yale !

– Ce n'est… pas moi. C'est ma sœur, Kimba. Et elle est allée à Harvard.

– Oh, bon, vous savez, il était fier de vous toutes… Oui, oui, oui, ta ta ta ! Stet avait des filles vraiment superbes. » Chauncey m'a frotté l'épaule et j'ai frémi à son contact. Je suis sûre qu'il s'en est rendu compte, mais il a continué. Ma peau est devenue moite sous le tissu de ma veste.

« Des filles vraiment superbes », a-t-il répété.

Il m'a fallu quelques secondes pour comprendre que les paroles de Chauncey étaient un compliment. Puis il m'a fallu quelques secondes supplémentaires pour me rendre compte qu'il s'agissait d'un compliment tout à fait inapproprié compte tenu des circonstances et de la façon dont sa main s'attardait sur moi.

« Bon, alors, vous faites quoi après ? » a-t-il demandé.

Je me suis dégagée. Lui ai lancé un regard de travers. Ça ne se pouvait pas. « Vous avez cinq secondes pour me lâcher les baskets avant que je me mette à crier et que mon oncle vienne vous foutre une putain de dérouillée. Cinq… »

Chauncey a reculé.

Je suis restée silencieuse dans la limousine. Je me disais que tout le monde penserait que la journée avait été difficile pour moi. Mais pas Tasheta. Je t'ai dit que cette fille est futée.

« Nini, qu'est-ce qu'il y a ? »

J'ai avalé ma salive et leur ai raconté ce qui s'était passé.

« Oh, merde, non. Cet enculé… » a dit Renee. On l'a toutes regardée, l'air ahuri.

Au repas, j'étais assise avec Mamie, Tonton Bird, Kimba et sa famille, et ma mère. Les dames de la paroisse nous ont apporté des assiettes débordantes de nourriture et des coupes de punch aux fruits.

À la table voisine, j'ai vu Tasheta sourire et hocher la tête en face de Chauncey. J'ai deviné qu'il parlait de nouveau des filles superbes de Stet. Renee s'est jointe à eux et a placé une assiette et une coupe de punch devant Chauncey. Il continuait à parler, et Renee et Tasheta souriaient et approuvaient toujours.

Il a bu une longue gorgée de son punch aux fruits.

Et a hurlé.

Il s'est agrippé la gorge. Il s'est mis à transpirer et ses yeux se sont remplis de larmes. Quelques dames de la paroisse se sont précipitées pour l'aider. Renee et Tasheta se sont approchées tranquillement de notre table avec leurs assiettes, se sont assises et ont continué à manger.

« Qu'est-ce qui est arrivé à Chauncey ? a demandé Tonton Bird.

– Il a peut-être mis un peu trop de sauce pimentée sur son poulet. Ou quelque chose comme ça, a dit Renee. Mamie, qu'est-ce qui te ferait plaisir ?

– Oh, rien, ma chérie. Tout va bien. Il faut juste que je trouve qui est enceinte. Je rêve tout le temps de poissons… »

La journée a été longue.

Et ceci est une longue lettre. Mais nous ne voulions pas seulement t'apprendre la mort de Stet. Nous voulions aussi que tu *nous* connaisses. Même Renee. Elle va se radoucir. Quand Tonton Bird s'est enfin rappelé le nom de ta mère, elle a un peu fait la moue, mais elle est aussi curieuse à ton sujet que nous autres.

Et Kimba dit que si jamais tu passes à Philadelphie, tu la préviens. Tu trouveras nos adresses et numéros de téléphone ci-dessous.

Et Tonton Bird a dit de t'écrire qu'il a une place dans son cœur pour une nièce de plus.

Et j'ai une place dans le mien pour une sœur de plus.

Pour finir, Tasheta veut savoir si tu préfères l'alcool brun ou blanc.

Ta sœur,
Nichelle

P.-S. Mamie veut savoir si tu es enceinte.

Tourte aux pêches

La tourte aux pêches de ma mère était si bonne qu'elle poussait Dieu en personne à tromper sa femme. À cinq ans, je rôdais dans la cuisine autour de ma mère et j'observais d'assez près pour avoir retenu dès mes six ans tous les ingrédients et toutes les étapes. Mais pas assez près pour qu'elle me crie dessus parce que j'étais dans ses pattes. Et pas assez près pour voir les quantités exactes qu'elle utilisait. Elle n'écrivit jamais sa recette. Sans qu'on ait besoin de me faire la leçon, j'appris à ne pas poser de questions sur cette tourte ni sur Dieu. J'appris à ne rien dire à son sujet quand, courbé au-dessus de la table de notre cuisine tous les lundis, il mangeait une assiette après l'autre de tourte aux pêches avant de disparaître dans la chambre où je dormais avec ma mère.

J'étudiais en silence ma mère et sa façon de préparer la tourte. Plus tard, alors que je ne croyais plus que Dieu et le révérend Troy Neely ne faisaient qu'une seule et même personne, je cherchais encore à perfectionner la douceur et la texture de la tourte de ma mère. Ma mère, qui me nourrissait de plateaux télé, faisait cuire une tourte aux pêches fraîches tous les lundis, son jour de congé au restaurant où elle était serveuse. Elle disait toujours que le dimanche était son samedi et le lundi son dimanche. Ce que je savais, c'était qu'aucune de ses journées n'était pour moi.

Et au cours des nombreux lundis de mon enfance, Dieu (dans mon esprit d'enfant) venait souvent engloutir un moule entier de 20 x 20 centimètres de tourte. Ma mère n'en mangeait jamais ; elle disait qu'elle n'aimait pas les pêches. Elle me chassait de la cuisine avant que Dieu ne m'en propose une part, mais je doute qu'il l'aurait fait, même si j'avais été assise juste à côté de lui. Dieu était un vieil homme ventru, comme un père Noël noir, et je me disais que la tourte aux pêches de ma mère contribuait à son tour de taille.

Certains lundis, Dieu arrivait après le dîner et repartait tandis que j'étais pelotonnée sur le canapé du salon devant *La petite maison dans la prairie*. Parfois, ma mère et Dieu étaient déjà dans la chambre quand je rentrais de l'école. Dès que j'arrivais à la maison, j'entendais des gémissements et des martèlements, comme une planche qui aurait tapé contre un mur. Je fermais doucement la porte d'entrée derrière moi et m'approchais sur la pointe des pieds de la chambre pour écouter. « Oh mon Dieu ! Oh mon Dieu ! Oh mon Dieu ! » criait ma mère. J'entendais aussi la voix grave et grondante de Dieu : « Oui, oui, oui ! »

Avant même qu'il commence à venir le lundi, je soupçonnais le pasteur Neely de l'église baptiste Hope in Christ d'être Dieu. Il était gros, noir et puissant, comme j'imaginais Dieu. Mon tout premier poème de Pâques, appris au catéchisme du jardin d'enfants, avait pour titre « Jésus est le fils de Dieu », mais je ne trouvais pas bizarre qu'un Dieu noir ait un fils blond aux yeux bleus. Le pasteur Neely avait la peau sombre, sa femme la peau claire et leur fils Trevor, à peu près du même âge que moi, avait les yeux gris et une peau guère plus foncée que Jésus sur les portraits qui tapissaient l'église. De plus, au milieu de l'office du dimanche, le pasteur Neely, sa femme et Trevor, debout devant le sanctuaire, recueillaient les offrandes des fidèles tandis que le chœur chantait « I Love You (Lord Today) ». Il m'était donc facile d'en déduire que le pasteur Neely était le « Lord », le Seigneur. Les cris de passion de ma mère entendus à la porte de la chambre le confirmaient.

J'aimais bien le côté théâtral des sermons du dimanche du pasteur Neely. Du haut de la chaire, il tonnait et rugissait en promettant aux fidèles la colère et le jugement de Dieu. Quand il en venait à la bonté et à la miséricorde divines, il croisait les bras sur son ventre et se balançait. Puis il descendait de la chaire et arpentait les bas-côtés de l'autel, rempli d'énergie et tout excité pour nous délivrer ce qu'il appelait la Bonne Nouvelle. Il se déplaçait avec une aisance et une grâce surprenantes chez un homme de sa corpulence. Au moment de l'appel à la communion, la plupart des femmes et quelques hommes se levaient, tanguaient et poussaient des cris. Mais pas ma mère. Elle restait assise, impassible comme toujours.

Le pasteur et la première dame Neely étaient à l'opposé de Jack Sprat et de sa femme[2]. Lui était gros et épais, elle dégingandée et maigre, tel le bonhomme bâton d'un dessin d'enfant. Pendant la quête, elle se tenait droite comme un piquet. Ses cheveux bruns et raides tombaient sur ses épaules et je l'ai prise pour une femme blanche durant des années jusqu'au jour où je l'ai vue de près, devant la porte de chez elle.

Comme de nombreuses dames de la paroisse, la première dame Neely portait un chapeau à large bord, mais le sien

2. Comptine enfantine : « Jack Sprat could eat no fat. / His wife could eat no lean… » (« Jack Sprat ne mangeait pas de gras. / Sa femme ne mangeait pas de maigre. »)

tombait sur son front et lui cachait presque les yeux. Je la voyais suffisamment pour savoir qu'elle n'avait pas les grands yeux suppliants de ma mère, qu'elle n'était pas aussi belle que ma mère. Elle n'avait pas sa poitrine pleine et ses hanches rondes qui excitaient les inconnus dans la rue. Des hommes que ma mère appelait « sales enfoirés » s'ils lui lançaient des saloperies quand nous passions. La première dame Neely ne marchait sans doute jamais dans la rue. Un jour, je la vis descendre d'une Cadillac rose sur le parking de l'église. J'entendis une dame dire qu'elle avait gagné cette voiture en vendant des produits Mary Kay.

Le pasteur Neely roulait toujours dans une voiture de luxe, une nouvelle tous les ans, cadeau des fidèles. Il la garait dans notre arrière-cour, qui se trouvait à la limite des bois. Notre maison était isolée au bout d'un chemin de gravillons sans issue. Notre plus proche voisin habitait à huit cents mètres, près de mon arrêt de bus.

Un jour, en CE1, j'ai parcouru en courant ces huit cents mètres, impatiente d'annoncer une bonne nouvelle à ma mère. J'ai fait irruption dans la maison, jeté mon sac à dos sur le canapé et couru tout droit à la cuisine, hors d'haleine.

Le pasteur Neely était assis, courbé au-dessus de la table. C'était un lundi. Il a levé la tête de son assiette de tourte et m'a dit bonjour de cette voix factice et forcée qui insiste sur *bon* – celle que les gens emploient quand ils n'ont pas envie de parler à des enfants. J'ai répondu bonjour et il a replongé dans son assiette. Il mangeait par petites cuillerées, étonnamment lentes. Ses lèvres pleines, un peu entrouvertes et luisantes me faisaient penser aux baisers que je voyais à la télé et au cinéma. La cuillère disparaissait presque dans sa patte d'ours. Ses doigts ressemblaient aux grosses saucisses que ma mère préparait parfois pour le petit déjeuner du dimanche.

Ma mère était adossée au plan de travail près de la porte de derrière, les bras croisés, et regardait manger le pasteur Neely. Elle semblait contente – pas particulièrement heureuse, mais contente. Et en même temps, elle l'observait si intensément qu'elle paraissait prête à se précipiter pour bloquer la porte s'il tentait de partir.

« Maman ! Devine ! me suis-je exclamée, encore haletante.

– Quoi ? » Elle ne quittait pas le pasteur des yeux.

« Latasha Wilson m'a invitée à sa soirée pyjama pour son anniversaire. Je peux y aller ? » On disait à l'école que Latasha Wilson vivait dans une maison à deux étages et dormait dans un lit Barbie rose à baldaquin. Ses cheveux étaient toujours bien tirés et rassemblés en une queue-de-cheval aux boucles brillantes. Son père travaillait dans une banque. L'invitation à son anniversaire, que j'avais glissée dans ma blouse, sentait le chewing-gum. Latasha sentait le chewing-gum. J'étais sûre que sa maison sentait aussi le chewing-gum. J'étais impatiente de m'en assurer.

« Non », a répondu ma mère.

J'ai ravalé le « pourquoi » qui avait failli m'échapper. Les yeux de ma mère restaient fixés sur le pasteur Neely. Les siens ne quittaient pas la tourte. Les miens se sont remplis de larmes.

« Va te changer, enlève ta tenue d'école », a dit ma mère.

Les larmes roulaient sur mes joues quand j'ai quitté la cuisine. Je me suis arrêtée dans l'entrée, hors de vue, au lieu d'aller me changer dans la chambre. Habituellement, je faisais ce que me disait ma mère. Mais cette fois j'étais trop malheureuse.

J'ai jeté un coup d'œil dans la cuisine. Ma mère s'était assise en face du pasteur Neely. Elle ne me voyait pas, mais le pasteur Neely a soudain levé le nez de sa tourte, juste en face de moi ! J'ai reculé prestement, m'attendant au pire. Mais au lieu de me cafter, le pasteur Neely a posé une question à ma mère : « Pourquoi ne pas laisser la petite aller à la fête ? »

J'ai de nouveau lancé un regard dans la cuisine.

Ma mère a soupiré : « Parce que je préfère me tenir à l'écart et elle doit apprendre aussi à se tenir à l'écart. C'est mieux comme ça. On accepte une invitation et les gens s'attendent à ce qu'on la rende. Alors ils viennent chez vous, regardent ce que vous avez et ce que vous n'avez pas. Et ensuite, toute votre vie se retrouve sur la place publique. » Ma mère a passé la main sur le bord de la table et a souri pour elle-même. « Je suis certaine que vous comprenez et que vous ne voulez pas voir votre vie étalée sur la place publique. »

Le pasteur Neely n'a pas répondu. Il s'est contenté de manger une autre bouchée de tourte et de secouer la tête.

« En outre…, a repris ma mère, j'essaie de lui apprendre à se satisfaire de ce qu'elle a. Je connais le papa et la maman de cette petite Latasha. J'étais à l'école avec eux. Ils ont toujours aimé frimer. Il emmenait sa future femme dans la Lincoln de son père jusqu'au jour où celui-ci lui a acheté sa propre Mustang. À seize ans. Ils ont de l'argent et tout ce qui va avec. Alors, vous voyez, Latasha ne manque de rien et cet anniversaire va dépasser la mesure.

– Je ne connais pas ces gens, mais si le Seigneur les a ainsi gratifiés, qu'ils veulent fêter l'anniversaire de leur fille et y inviter la vôtre, je ne vois pas le problème. » Je trouvais étrange d'entendre le pasteur Neely parler du Seigneur ailleurs qu'en chaire. Sa voix retentissante et effrayante était remplacée par celle d'une personne normale. Une personne normale qui convaincrait peut-être ma mère de me laisser aller à l'anniversaire de Latasha Wilson. J'ai croisé les doigts de mes deux mains.

Ma mère s'est redressée sur sa chaise. Elle a pris la parole d'une voix lente, comme si elle essayait de choisir ses mots avec soin. « Ils peuvent élever leur enfant comme ils veulent. Mais je ne vais pas élever la mienne à s'imaginer que la vie est facile, alors qu'elle ne le sera pas. Plus vite elle apprendra à accepter ce qui l'est et ce qui ne l'est pas, mieux ça vaudra. Si elle goûte à cette douceur, elle y aspirera tellement qu'en grandissant elle devra se contenter des miettes. »

Le pasteur Neely m'a jeté un nouveau coup d'œil, a secoué la tête et englouti la dernière bouchée de tourte.

Je me suis réfugiée hors de vue et j'ai décroisé les doigts. Mes yeux se sont encore remplis de larmes. Je n'avais pas besoin de regarder ma mère pour savoir qu'elle allait faire disparaître le plat vide de la tourte, l'assiette du pasteur et la cuillère. Pour savoir qu'elle allait les plonger dans l'évier rempli d'eau de vaisselle, comme toujours, afin que je ne goûte pas même les miettes.

« Vous faites la meilleure tourte du monde », a dit le pasteur Neely, qui avait apparemment oublié l'invitation à l'anniversaire de Latasha Wilson. Il répétait ces mots chaque fois. Et comme je le prenais pour une sorte de père Noël noir, je l'imaginais prêcher à l'église le dimanche après avoir parcouru le monde entier du mardi au samedi pour goûter les tourtes aux pêches des autres mères, mais revenant toujours le lundi à celle de ma mère.

J'ai ôté ma tenue d'école, je me suis assise sur le canapé, sans trop savoir quoi faire de ce nouveau sentiment envers ma mère : la colère.

Je les ai entendus entrer dans notre chambre et fermer la porte. Je me suis levée et j'ai mis un plateau télé dans le four. Parfois, ma mère pensait à le faire, parfois non. Du poulet frit, de la purée de pommes de terre, du maïs et un brownie tiède constituaient mon repas préféré. Je mangeais toujours le brownie en premier, quand il était encore fondant au milieu.

Parfois le pasteur Neely et ma mère passaient quelques minutes dans la chambre, parfois une heure. Ils riaient toujours en sortant. Ma mère riait d'une blague que je n'avais pas entendue et elle souhaitait bonne nuit au pasteur Neely. Il riait aussi et la remerciait encore pour la tourte aux pêches.

Je me rappelle leurs rires parce que le silence chez nous entre les visites du pasteur Neely me donnait envie de connaître des blagues qui auraient le même effet sur ma mère. Je n'en connaissais pas, mais peut-être qu'en regardant ses mains couper les pêches, en comptant le nombre de fois qu'elle remuait la pâte et en apprenant à estimer à l'odeur le moment exact pour sortir la tourte du four – peut-être pourrais-je préparer une tourte qui plairait à Dieu. Et peut-être que cela plairait à ma mère.

Les lundis où Dieu ne venait pas, ma mère jetait la tourte à la poubelle après le dîner, se versait un grand verre de Tanqueray et m'envoyait me coucher de bonne heure. Parfois il ne venait pas plusieurs semaines d'affilée. Ou plusieurs mois. Je me rappelle une fois où une vieille femme édentée a déclaré à l'église : « Dieu ne vient pas toujours quand on l'attend, mais il est toujours là quand il faut. »

Un lundi soir, j'avais alors huit ans, je m'agitais dans mon lit en pensant à la tourte au fond de la poubelle. Mais ce soir-là, je me suis rappelé que j'avais sorti la poubelle et mis un sac propre juste avant que ma mère ne jette la tourte. Je me suis levée comme si j'avais besoin de faire pipi, mais je suis allée à la cuisine.

Dans l'obscurité, j'ai plongé la main au fond de la poubelle jusqu'à sentir mes doigts humides et collants. J'ai saisi une poignée de tourte et l'ai fourrée en entier dans ma bouche. Le jus sucré a dégouliné au coin de mes lèvres jusqu'à mon menton tandis que je mâchais. Je savourais les pêches et les petits bouts de croûte détrempés par le sirop. Je n'avais jamais rien mangé d'aussi bon. Je me repassais en esprit tous les gestes de ma mère. Sa façon de plonger les pêches dans l'eau bouillante, puis de les passer sous l'eau froide du robinet pour les éplucher. Son aisance à manier le couteau pour couper les pêches en tranches. Le soin qu'elle apportait à égoutter les fruits en boîte quand ce n'était plus la saison des pêches de Géorgie.

Je voulais être ces pêches. Je rêvais d'être touchée par des mains attentionnées. Et à défaut, je mourais d'envie de réussir une chose aussi merveilleuse de mes propres mains.

« Qu'est-ce que tu fabriques ? »

Je me suis retournée. Ma mère se tenait sur le seuil et croisait ses bras nus. Elle portait une chemise de nuit défraîchie en coton autrefois bleu ciel.

« Je t'ai posé une question », a-t-elle dit d'une voix encore épaissie par le gin.

Les larmes coulaient sur mes joues, mes doigts collants toujours dans ma bouche. Je les ai mordus, sans trop savoir quoi lui répondre et terrifiée à l'idée de ne rien dire. Ma mère ne me corrigeait pas souvent – j'avais appris à demeurer du bon côté de sa colère la plupart du temps. Mais quand cela arrivait, on aurait dit qu'elle plongeait son seau dans un vieux puits de fureur bien plus profond que mon crime du moment. Elle gémissait avec moi tout en me frappant, répétant que je devais apprendre. Qu'il le fallait.

« Réponds-moi.

– Je voulais goûter la tourte.

– Est-ce qu'elle est à toi ?

– Non, maman.

– Qu'est-ce que je t'ai dit à propos de prendre des choses qui ne t'appartiennent pas ?

– C'est du vol.

– À qui appartient cette tourte ? »

Ma mère et moi n'avions jamais abordé ce qui se passait le lundi, mais je savais d'instinct qu'elle ne voulait pas en parler et, en règle générale, elle ne montrait aucune patience pour mes questions.

« Elle appartient à… à Dieu. »

Ma mère a écarquillé les yeux. « C'est de l'insolence, ma fille ? » Elle s'est avancée vers moi. J'ai couru à la porte de derrière, contre laquelle j'ai appuyé le dos. Finalement, l'extérieur m'effrayait encore plus que l'intérieur.

J'ai bredouillé : « Non, maman. Je ne suis pas insolente. Tu fais la tourte pour Dieu.

– Je fais la… ? » Maman s'est effondrée sur une chaise devant la table de la cuisine. « Tu crois que… » Elle a émis un son, comme si elle riait, toussait et s'étouffait en même temps.

« Assieds-toi. »

Je me suis assise en face d'elle. « Je sais que tu ne comprends pas pourquoi certaines choses sont comme elles sont. Tu n'as pas vécu assez longtemps pour le savoir. Mais *moi* je sais. Je sais ce qu'il vaut mieux. Je sais ce qui est bon pour toi. »

Maman m'a touché le dos de la main. J'en ai été si émue que j'ai oublié un instant que j'avais des ennuis.

« Tu dois tout de même comprendre une chose : le pasteur Neely n'est pas Dieu. C'est un ami. C'est pour cela qu'il vient ici. » Elle parlait avec une douceur qui allait avec sa caresse et qui tempérait ma frayeur. Un peu de cette douceur est même demeurée lorsqu'elle a poursuivi : « Mais ça ne regarde personne d'autre que moi. » J'aurais voulu que cette maman plus douce se montre plus souvent.

« Tu comprends ce que je te dis ? »

Je ne comprenais pas. Pas complètement. Mais suffisamment pour savoir qu'elle me demandait de garder un secret. « Oui, maman », ai-je répondu.

Et ce secret était facile à garder. D'abord je ne voyais pas à qui je pourrais le confier et pourquoi il intéresserait quelqu'un. N'ayant pas la permission de voir mes camarades de classe en dehors de l'école, je ne faisais pas partie des groupes de filles qui auraient pu m'accepter. Presque toutes celles de notre quartier étaient pauvres. Mais grâce à mes vêtements trop petits ou trop grands achetés à la friperie et à mes chaussures éculées, les autres filles ne se trouvaient jamais tout en bas dans la hiérarchie de l'école primaire.

Et si ces filles (à l'exception de Latasha Wilson) n'étaient guère plus riches que moi, au moins leurs cheveux retenus par des barrettes étaient la plupart du temps soigneusement brossés et tirés en une queue-de-cheval bien huilée. Cette façon d'être bien coiffée et soignée était toujours hors de ma portée, une évidence chaque fois que je grimpais sur une chaise devant le miroir de la salle de bains et que je faisais de mon mieux pour domestiquer mon énorme touffe de cheveux épais et la rassembler en une houppe unique au sommet de ma tête. Maman disait toujours qu'elle n'avait jamais su faire ce genre de choses – ses boucles amples n'avaient pas besoin d'être domptées – et elle a été soulagée quand j'ai pu le faire seule.

Je n'avais donc pas de vraies amies à qui parler du pasteur Neely et l'idée même de me confier à un adulte – et plus encore de parler de ce que faisait ma mère – me retournait l'estomac.

Même si ma mère ne m'avait pas demandé de garder le secret, ce qui arriva un lundi, quand j'avais dix ans, suffit à garantir que je n'en dirais rien.

Par une chaude journée de la fin mai, je rentrais à pied depuis l'arrêt de bus. L'électricité avait de nouveau été coupée et toutes les fenêtres de la maison étaient ouvertes pour faire entrer un peu d'air. Tandis que j'approchais, un de ces courants d'air tant espérés a soulevé les rideaux de notre chambre et les a retenus levés le temps pour moi de voir l'énorme cul nu du pasteur Neely, le temps de le voir debout, poussant vigoureusement ma mère et l'écrasant contre la commode.

Tandis que j'avançais vers la porte d'entrée, les rideaux poursuivaient leur danse et j'ai mieux vu le pasteur Neely. Je l'ai vu saisir les hanches de ma mère de ses gros doigts boudinés, que j'imaginais couverts du sirop collant de la tourte qui dégoulinait sur le corps de ma mère, et je me suis mise à le haïr. C'était cela le sexe, le *ça* qui faisait glousser les filles derrière leurs mains.

J'ai eu mes premières règles une semaine plus tard, un choc pour ma mère comme pour moi. Je ne savais pas ce qui m'arrivait et, tout d'abord, ma mère m'a seulement dit : « Tu es trop jeune, tu es trop jeune… » Son visage décomposé et la serviette hygiénique encombrante entre mes jambes m'ont fait l'effet d'une punition.

À onze ans, j'étais déjà couverte d'acné et je portais un soutien-gorge du 95D. Ma mère était plus gênée que moi par ma poitrine et m'enjoignait sans cesse de me cacher, comme si c'était possible. Je la sentais s'éloigner encore davantage de moi et j'ai fait le premier pas. J'ai quitté notre chambre et me suis installée dans le salon pour dormir sur le canapé.

Quand j'ai cessé d'aller à l'église, ma mère n'a pas insisté.

Si je ne mangeais plus la tourte aux pêches la nuit dans la poubelle, mon désir restait intact. Je regardais toujours ma mère la préparer, car je ne voulais pas oublier. Et si j'en faisais une pour moi ? Un jour, je lui ai demandé d'acheter quelques pêches supplémentaires pour essayer. « Je n'ai pas d'argent à perdre pour que tu fiches la pagaille dans ma cuisine », a-t-elle répondu.

À quatorze ans, j'ai trouvé un job au centre commercial, dans un magasin de chaussures Thom McAn. J'allais pouvoir acheter mes fichues pêches.

Je préparais mes tourtes le vendredi soir, quand ma mère se terrait dans sa chambre avec une bouteille de Tanqueray. J'avais la cuisine pour moi. Je ne modifiais rien, pas une étape, pas un ingrédient, de sorte que mes tourtes étaient aussi bonnes que celles de ma mère et même meilleures quand je les mangeais sur une assiette et pas avec les doigts. J'en mangeais à tous les repas durant le week-end, jusqu'à ce qu'il n'y en ait plus. Je plongeais le plat vide dans l'évier et mes mains s'attardaient dans l'eau de vaisselle tiède. J'avais accompli une merveille.

Ma mère n'a prêté attention à ma pâtisserie qu'une seule fois. Elle est sortie de sa chambre un vendredi soir et, debout sur le seuil de la cuisine, vêtue d'une chemise en flanelle trop grande, verre de gin à la main, elle m'a regardée. L'alcool la rendait plus lente, plus posée, plus douce et même plus belle. Elle avait défait son habituel chignon et ses cheveux tombaient sur ses épaules. Elle avait environ trente-cinq ans, mais ressemblait à une petite fille, à une poupée grandeur nature.

« Tu t'imagines que tu sais ce que tu fais, hein ? Tu te crois maligne. Plus maligne que les autres. »

Je lui ai tourné le dos et j'ai recommencé à remuer la pâte pour faire la croûte.

Ma mère s'est approchée de moi, si près que j'ai senti l'odeur du gin. « Il y a l'intelligence des livres, et il y a l'intelligence de la vie. Si tu avais l'intelligence de la vie, tu n'essaierais pas de devenir comme moi. »

J'envisageais de demander au pasteur Neely de goûter ma tourte. Mais en dehors de nos bonjours gênés, nous ne nous adressions pas la parole. Si j'étais à la cuisine quand il arrivait, je partais au salon. J'imaginais pourtant qu'il goûtait la tourte et me déclarait qu'elle était meilleure que celle de ma mère – la meilleure du monde. J'imaginais aussi lui en servir une part avec du verre pilé dans la croûte et le voir s'écrouler. Plus encore, je voulais que ma mère sache que je faisais une bonne tourte et en soit fière. Plus que tout, je voulais ma mère.

En classe de première, j'en ai eu assez de repousser les garçons et j'ai cédé. Mais aucun des garçons avec qui je sortais dans le parc derrière l'école ne méritait ma tourte aux pêches. Ils voulaient surtout tripoter mes seins et moi j'avais envie qu'on me touche.

Un lundi soir, à la mi-janvier, ma mère est entrée au salon après le départ du pasteur Neely. J'ai senti ma poitrine se serrer. Je préférais de loin notre attitude habituelle, lorsque je ne supportais pas de la regarder après qu'il était parti et qu'elle ne semblait pas non plus souhaiter ma compagnie. Mais ce soir-là, elle s'est assise à côté de moi sur le canapé et m'a tendu un papier.

« C'est l'adresse des Neely. Ils t'attendent le mardi juste après l'école. Pour être répétitrice. Trevor a des difficultés en maths. Je lui ai dit que tu as toujours des A dans les matières d'excellence. Il va dire à sa femme que l'école t'a recommandée comme répétitrice. »

Il. Et *sa femme.* Donc pas question de prononcer le nom du pasteur Neely ni de sa femme.

Il n'était bien sûr pas question d'aborder les autres sujets.

On attendait de moi que je tienne ma langue. Comme toujours.

Le premier mardi, quand la Première dame Neely a ouvert la porte de leur grosse baraque avant même que je ne frappe, je me suis aperçue qu'elle était noire, pas blanche. De près, j'ai vu ses lèvres pleines et son nez épaté. Et en regardant ses cheveux lissés et tirés en arrière en queue-de-cheval, j'ai compris qu'il lui faudrait bientôt rafraîchir sa coiffure.

« Bonjour, Olivia ! Je suis Marilyn Neely, a-t-elle dit en me faisant entrer. Mais tu peux m'appeler Miz Marilyn. Et j'espère que ça ne te fait rien, j'aime étreindre les gens », a-t-elle ajouté en me prenant dans ses bras maigres.

Comprendre qu'elle n'était pas la femme blanche, la reine des glaces dont je me rappelais, m'a mise encore plus mal à l'aise, là, chez elle. J'ai fait de mon mieux pour ne pas me raidir, tentant de me persuader que je n'avais rien fait de mal, que je n'étais pas celle qui la trompait. Je lui ai légèrement touché le dos pendant son étreinte et j'ai senti ses omoplates saillantes. J'avais l'impression d'être immense en comparaison, comme si je pouvais lui briser les os d'une seule pression. D'une seule révélation.

La tête me tournait à la pensée d'un tel pouvoir, au souvenir du cul nu du pasteur Neely, à l'idée de ma mère. *Et si cette femme lisait dans mes pensées ?* J'ai titubé et failli perdre l'équilibre.

« Ça va, ma chérie ? » Miz Marilyn m'a retenue par les épaules d'une poigne étonnamment ferme. Trois énormes bagues de diamant brillaient à chacune de ses mains.

Elle m'a conduite à un petit divan dans l'entrée. « Ce canapé est dans ma famille depuis cinquante ans. Mon père disait que c'était ce que les Français qualifiaient de "siège inutile" ! »

Elle a ri de son bon mot et j'ai tenté de sourire, mais mes lèvres tremblaient, comme le reste de mon corps. « Je vais bien, ai-je affirmé. Je suis juste un peu faiblarde. Je n'ai pas déjeuné aujourd'hui. » Ce n'était pas tout à fait un mensonge. Je ne déjeunais pas la plupart du temps, car les repas de la cantine étaient dégoûtants et je préférais la compagnie des livres à celle de mes camarades.

Miz Marilyn a frappé dans ses mains. « Allons, viens dans la salle à manger. J'ai préparé de bons petits sandwichs et c'est là que vous allez travailler, Trevor et toi. *Trevor!* » a-t-elle crié dans l'escalier.

Trevor Neely était une star du football à la Woodbury Academy, une école privée du quartier. Il était en terminale et se destinait à des études supérieures. Grand, clair de peau, mince comme sa mère, il avait sans aucun doute le choix des filles dans son école. Je me suis dit qu'une répétitrice plus jeune que lui d'un an, et une fille en plus, allait lui poser problème. Mais si cela le dérangeait, il n'en montrait rien.

Sa mère nous a présentés, puis elle est sortie en fermant les portes coulissantes de la salle à manger. Trevor fixait mes seins sans se cacher. Ses yeux gris brillaient d'assurance.

J'ai pris un petit sandwich, poulet-salade, sur le plateau que Miz Marilyn avait préparé. Entre deux bouchées, je lui ai demandé : « Bon… si tu me montrais sur quoi tu travailles en introduction à l'analyse mathématique ? »

Mais Trevor continuait à fixer mes seins, puis mes yeux et de nouveau mes seins.

« Oui, j'ai des gros nichons. Des énormes nibards. Des roberts géants. Des pare-chocs monstrueux. Et oui, tu es mignon, mais tes yeux n'ont pas d'effet sur moi. Maintenant, on arrête les conneries et on se met au travail. »

Trevor a ri, découvrant ses dents parfaites. « T'as raison. T'as raison. »

Il m'a montré son dernier contrôle, où il avait eu 69 sur 100. On a passé en revue ses erreurs pendant une demi-heure, puis il a demandé à faire une pause. On a mangé des sandwichs et bu du Coca. Cette fois, quand Trevor m'a regardée, j'ai détourné les yeux. Il était vraiment mignon.

« Tu as vu le nouveau clip des Fat Boys ? Avec les Beach Boys ?

– “Wipe Out” ?

– Oui, c’est ça. C’est complètement dingue, a-t-il dit en riant.

– J’ai entendu la chanson à la radio, mais je n’ai pas vu le clip.

– Quoi ? Il passe, genre, cinquante fois par jour sur MTV.

– Je n’ai pas le câble.

– Tu n’as pas le câble ? »

J’ai haussé les épaules.

« Mais je sais que tu regardes *The Cosby Show*.

– Ouais. Tu sais qui je ne peux pas saquer ? Vanessa. Elle est tellement agaçante !

– Elle me console de n’avoir ni frères ni sœurs.

– Moi pareil. Mais Denise me plairait bien. Elle est cool.

– Elle est trop belle, cette meuf! Mais je n’en voudrais pas comme sœur. Ce serait illégal ! »

On a éclaté de rire tous les deux, puis on s’est tus. Ma main était posée à côté de celle de Trevor sur la table. Ses doigts n’étaient pas boudinés comme ceux de son père. Ils étaient longs et fins, et je me suis demandé quel effet cela ferait de les avoir en moi, quel effet cela ferait de le sentir en moi. Et si j’allais jusqu’au bout avec lui ? Je ne l’avais encore jamais fait. Je nous imaginais, Trevor et moi, nus et enlacés, nous pelotant et nous suçant sur la table de la salle à manger, sous le lustre en cristal de sa mère. Cette pensée m’a rendue malade de nouveau, cette fois au creux de mon ventre. *Malade de désir*. Les mots ont pris forme dans mon esprit, noirs et glissants comme de l’huile, sortis d’une page d’un roman de gare trouvé au supermarché la semaine précédente.

À ce moment-là, j’ai compris comment on pouvait se noyer de désir, être emporté tout au fond.

J’ai fermé les yeux, me suis débarrassée des fantasmes et suis remontée à la surface.

Le soir, à la maison, j'ai pris l'enveloppe contenant l'argent que Miz Marilyn m'avait donné et l'ai posée sur le plan de travail à côté de ma mère, qui faisait la vaisselle. Je suis partie vers le salon.

« Comment c'était ? » m'a lancé ma mère.

Je me suis arrêtée sans me retourner pour la regarder. *Comment c'était ? Comment c'était ?* Était-elle sérieuse ? *Oh, c'était comme prévu quand on passe du temps avec la femme et le fils du pasteur avec qui sa mère baise toutes les semaines.*

« Bien, ai-je répondu en lui tournant toujours le dos.

– Bien ? C'est tout ?

– Oui, maman.

– Tiens. Prends ça. C'est à toi. »

Je me suis retournée. Ma mère me tendait l'enveloppe.

« Non, maman. Je n'en veux pas.

– *Tiens* », a-t-elle répété. Elle a agité l'enveloppe. J'ai soupiré et l'ai prise.

« Assieds-toi. » J'ai obéi et ma mère s'est assise en face de moi. « Parle-moi de la maison.

– Elle est… grande. Et… remplie de vieux meubles de valeur. »

Ma mère a froncé les sourcils. « Quoi d'autre ? Elle est comment, elle ?

– Elle est comment, elle ?

– Parle correctement. Et ne sois pas insolente.

– Je ne le suis pas. C'est juste que… Je ne sais pas ce que tu veux que je te dise. » J'ai haussé les épaules. J'éprouvais un étrange sentiment de loyauté envers Miz Marilyn et Trevor. Aucun de nous n'avait demandé à se trouver dans cette situation.

« Elle a été gentille.

– Et… ?

– Et… Je ne sais pas. Elle n'est pas blanche.

– Tu croyais qu'elle était blanche ? » Ma mère a émis un rire de gorge, sonore. « Non, elle est brun très clair. Noir comme il est, c'est normal qu'il préfère une femme à la peau brun très clair. » La peau de ma mère était juste d'un ou deux tons plus foncée que celle de Miz Marilyn. J'étais plus foncée que ma mère, mais pas autant que le pasteur Neely. Un malaise m'a envahie, pour la troisième fois de la journée : et si le pasteur Neely était mon père ? Ma mère se contentait de dire que mon père était quelqu'un que je n'avais pas envie de connaître.

Comme si elle lisait dans mon esprit, ma mère a repris : « Pareil que ton père. Noir comme la nuit, mais qui courait après les femmes à la peau claire ou blanche non-stop.

– Je peux me retirer ? »

Ma mère a paru déçue. « Je t'ai préparé un plateau télé.

– Merci, mais je n'ai pas faim.

– Tu as mangé là-bas ?

– Juste quelques sandwichs.

– À quoi ? »

J'ai dû me mordre la langue. Je n'arrivais pas à croire qu'elle attache autant d'importance à un simple sandwich. J'avais juste envie de prendre une douche. « Poulet-salade.

– Et quoi d'autre ?

– Coca.

– C'est tout ? Hum.

– Oui, c'est tout. Je peux me retirer, s'il te plaît ? »

Ma mère m'a fait signe de partir.

Plus tard dans la nuit et souvent durant les mois où j'ai fait travailler Trevor, je fantasmais sur lui. J'aimais bien un ou deux garçons avec qui j'étais sortie, ainsi que quelques autres de loin. Mais Trevor était le premier pour qui je craquais vraiment. Ses grands yeux curieux, le bout arrondi de son nez et ses lèvres pleines. Il était toujours sur le point de sourire ou de rire. J'avais envie de l'embrasser. Chaque mardi m'apportait une nouvelle occasion de l'embrasser. À la façon dont je le surprenais qui me regardait, j'étais certaine que ce sentiment était partagé. Mais je m'autorisais seulement à respirer le doux mélange d'huile capillaire, de savon et de transpiration qui émanait de lui quand nos deux têtes se penchaient sur son livre de maths. Les rares fois où j'autorisais nos regards à se croiser plus d'une seconde, Trevor souriait, satisfait. Et j'étais inondée par un mélange de désir et de culpabilité irrationnelle. Trevor ne pouvait pas m'en vouloir du comportement de ma mère et de son père. Et si je n'avais nullement l'intention de lui en parler, le fait de savoir alors que lui ne savait pas me dérangeait beaucoup. Mais que pouvais-je faire ?

Tout cela renforçait ma perception de Dieu comme un marionnettiste tordu qui regardait ses créations s'agiter, piégées et emberlificotées dans des tragédies créées pour son amusement.

En dépit de la tension, Trevor et moi nous remettions toujours au travail, raison de ma présence : il voulait réussir en maths et je le voulais aussi pour qu'il obtienne son bac, que je cesse d'étreindre sa mère chaque semaine, comme un Judas par procuration, et de contrarier la mienne en lui parlant de sandwichs à la dinde, de hamburgers et de beignets à la saucisse. Mais j'allais regretter nos moments ensemble, malgré mon sentiment de culpabilité.

J'ai réussi à éviter le pasteur Neely les quatre premiers mardis, mais le cinquième, c'est lui qui a ouvert la porte à mon coup de sonnette. J'ai reculé d'un pas. J'avais la bouche sèche et n'ai pas répondu à son salut.

Le pasteur Neely a souri et m'a tendu la main comme il le faisait aux paroissiens au moment de la quête. J'ai baissé les yeux sur ses gros doigts boudinés et j'ai eu la nausée. Il a laissé tomber sa main et son sourire, mais sa voix est restée enjouée : « Entre. Olivia… c'est ça ?

– Oui, monsieur. »

J'ai avancé d'un pas dans l'entrée, tout en gardant un pied près de la porte, imaginant les conséquences si je partais en courant.

Trevor a descendu l'escalier en bondissant. Il s'est arrêté net sur la dernière marche et a plissé les yeux en voyant son père. « Où est maman ?

– Elle est passée voir ta tante Catherine qui ne se sent pas bien ces temps-ci.

– Oh », a dit Trevor. Il ne bougeait pas de la dernière marche.

« Bon, faites comme quand ta mère est là. Je serai en bas, dans le bureau », a dit le pasteur Neely.

Trevor a attendu le départ de son père pour descendre.

« Entre pour de bon. Tu as l'air prête à filer. Tu vas bien ?

– Oui. Pourquoi tu demandes ?

– Il y a des gens qui sont intimidés par mon père. On dirait que tu as peur. »

J'ai réussi à rire en espérant être convaincante. « Peur ? Moi ? Voyons. On dirait que *toi* tu as peur. »

Trevor a un peu rougi et a baissé la tête. « J'ai juste été surpris de le voir à la maison aussi tôt. C'est tout. »

Je ne gobais pas son histoire, mais il m'a décoché un sourire et j'ai laissé tomber.

Miz Marilyn nous avait préparé des sandwichs au fromage fondu enveloppés dans du papier d'alu sur la table de la salle à manger.

Trevor a pris une énorme bouchée de sandwich. « Ma mère n'est pas la meilleure des cuisinières, mais son fromage fondu est vraiment bon. »

J'ai aussi mordu dans un sandwich. Il était moelleux et délicieux. « C'est b… », ai-je commencé, mais Trevor me pressait contre la table, ses lèvres sur les miennes.

J'ai avalé la bouchée de sandwich et j'ai rendu à Trevor son baiser. Il a glissé les mains sous ma chemise et pris mes seins. J'ai gémi et agrippé la table pour me stabiliser.

Trevor a passé la main dans mon dos pour dégrafer mon soutien-gorge. « Non ! On ne peut pas. Ton père…, ai-je chuchoté.

– … est dans son bureau.

– Oui, mais… »

Trevor m'a lâchée et a reculé. « Tu as sans doute raison. »

J'ai laissé échapper un soupir, soulagée qu'il ne soit pas vexé, mais en même temps hurlant de joie intérieurement et me rejouant déjà ce baiser.

« Et maintenant tu t'attends à ce que j'aille m'asseoir avec les roubignoles en ébullition pour résoudre des équations polynomiales », a dit Trevor. Il a exagéré sa démarche jambes écartées jusqu'à sa chaise.

« Arrête de faire l'idiot », ai-je dit.

Par la suite, nous commencions chaque séance par un bref moment de pelotage. Nous savions que si Miz Marilyn décidait de jeter un œil, ce ne serait pas dans les premières minutes. Bizarrement, nous peloter ainsi me déculpabilisait un peu vis-à-vis de Trevor et de Miz Marilyn. Je parvenais à oublier nos parents, quelques instants du moins, et à n'être qu'une fille embrassant un garçon qui lui plaisait. Simplement.

Miz Marilyn a eu soixante ans fin avril. « C'est mon anniversaire ! a-t-elle annoncé en ouvrant la porte pour me faire entrer.

– Joyeux anniversaire ! ai-je dit.

– J'ai soixante ans aujourd'hui. Je ne suis plus un perdreau de l'année ! » Elle a gloussé. « Tu sais, Trevor a été mon enfant miracle, le bébé qui a changé ma vie… » Trevor est apparu dans l'entrée, mais il a fait demi-tour en entendant le sujet de la conversation. Miz Marilyn lui a saisi le bras et l'a retenu.

« Je croyais que Dieu ne voulait pas que je devienne mère, mais il m'a offert mon magnifique garçon à quarante-trois ans ! a-t-elle déclaré en enlaçant Trevor.

– Maman, voyons, arrête. Il faut que j'aille travailler, a dit Trevor en se tortillant pour se libérer.

– Bon, bon. Je laisse mes deux *érudits* à leur étude. »

Trevor a essayé de m'embrasser dans la salle à manger. « Non ! » ai-je sifflé en le repoussant. Je lui ai tourné le dos pour cacher mes larmes.

« D'accord... Le mauvais moment du mois, j'imagine.

– Tu n'es pas drôle. »

Trevor a secoué la tête. Une fois assis, nous avons repris les problèmes qu'il n'avait pas su résoudre lors d'une interrogation surprise. Puis il a commencé à faire ses devoirs en s'interrompant pour poser des questions quand c'était nécessaire. Au bout d'un moment, j'ai rassemblé mes affaires pour partir.

« Qu'est-ce que tu fais ? » Trevor a regardé sa montre. « Il nous reste encore un quart d'heure.

– Tu chronomètres maintenant ? ai-je lancé.

– Non. C'est juste... » Trevor paraissait découragé. « C'est juste que j'ai une question sur le numéro six. »

J'ai poussé un soupir, lâché mon sac et me suis rassise. « Écoute. Si ta mère a envie de te prendre dans ses bras, laisse-la faire. Ne sois pas con. »

La semaine suivante, c'est Trevor qui m'a ouvert la porte. Il portait un T-shirt des Public Enemy et un short de basket. Message : *Je suis sportif et je suis vertueux*. Comment aurais-je pu continuer à lui en vouloir ?

Je suis entrée. « Où est Miz Marilyn ?

– Mon père et elle viennent de partir à l'hôpital. Ma tante va vraiment mal. » Sa voix s'est un peu cassée et il a fait mine de tousser pour masquer son émotion.

« Je suis désolée. J'espère qu'elle va aller mieux.

– Oui. J'ai entendu ma mère dire qu'elle risquait de ne pas s'en remettre. Son cœur lâche. Ils vont faire un cercle de prière autour d'elle. Comme si ça servait à quelque chose.

– Tu ne crois pas à la prière ? »

Trevor m'a regardée. « Je suis FP. Bien sûr que je crois à la prière. » Dans sa voix suintait le sarcasme.

« Qu'est-ce que ça veut dire, FP ?

– Fils de pasteur. Je croyais que tout le monde le savait.

– Eh bien, tu te trompais. »

Nous ne bougions pas et nous nous regardions fixement.

« Je ne l'ai jamais avoué à personne, mais moi non plus, je ne crois pas à la prière », ai-je déclaré.

Trevor a fait son demi-sourire et a secoué la tête. « Je parie que tu as beaucoup de secrets.

– Je sais bien garder les secrets. »

Trevor m'a tendu la main et je la lui ai donnée.

En haut, dans sa chambre, Trevor a introduit une cassette dans son lecteur et a appuyé sur *play*. Tandis que Keith Sweat chantait « Make It Last Forever », nous nous sommes embrassés et chacun a déshabillé l'autre.

« Ouah ! » s'est exclamé Trevor, une fois mon soutien-gorge et mon slip ôtés. Ses mains se sont promenées sur tout mon corps. Pour une fois, je n'étais ni gênée ni agacée. Je me sentais forte.

J'ai renversé Trevor sur le lit et me suis mise à califourchon sur lui. Mes seins lui balayaient le visage.

« Tu l'as déjà fait ? a-t-il demandé.

– Non. Et toi ? »

Il a hésité un instant de trop et j'ai su que, quelle que soit sa réponse, il ne l'avait jamais fait.

Il a dit la vérité. Puis, ensemble, nous avons cherché comment mettre le préservatif.

Trevor a fermé les yeux tout en se plaçant entre mes jambes. Je me suis demandé à quoi il pensait. J'essayais de ne pas imaginer son père et ma mère. La douleur brûlante quand il m'a pénétrée m'a fait monter les larmes aux yeux. Les larmes venues de cette douleur nouvelle et des blessures anciennes se confondaient.

« Tu veux que j'arrête ? » a demandé Trevor qui continuait à pousser.

Je voulais qu'il n'arrête jamais.

Nous avons terminé par la tâche difficile d'ôter le préservatif. Mes craintes de me retrouver enceinte, tous les « et si » que j'avais tenus à distance, m'ont submergée. Ma mère me tuerait. Et Miz Marilyn… Je ne voulais même pas imaginer à quel point elle serait contrariée et déçue. Si Trevor avait aussi ce genre de pensées, il n'en montrait rien. Il s'est contenté de remettre l'oreiller sous nos têtes, de s'allonger et de me sourire.

Je me suis redressée sur un coude. « Tu ne crois pas qu'on devrait descendre ? Tes parents peuvent rentrer n'importe quand.

– Ils vont prier pendant des heures. Crois-moi. »

Je me suis allongée contre lui en contemplant le plafond. « Et maintenant ?

– Tu n'as pas aimé ?

– Non, ce n'est pas ça… Je ne sais pas. C'est bizarre. La façon dont quelque chose peut paraître à la fois bien et mal.

– Mon père dirait que ce que nous venons de faire est très mal, un péché. Fornication.

– Tu y crois ? »

Il a haussé les épaules.

« Tu crois en Dieu ? »

Il a de nouveau haussé les épaules.

« Pendant longtemps, j'ai cru que ton père était Dieu.

– Oui. Moi aussi. »

Trevor a tendu une main vers moi et l'autre vers un préservatif.

La sœur de Miz Marilyn est morte quelques jours plus tard. La fois suivante, j'ai apporté à Miz Marilyn une tourte aux pêches que j'avais préparée. J'espérais que le pasteur Neely ne serait pas là et j'ai été soulagée en constatant que c'était le cas. Ce devait être ma dernière séance en tant que répétitrice ; Trevor allait passer ses examens, obtenir son diplôme, puis partir pour le Morehouse College d'Atlanta.

« Toutes mes condoléances pour votre sœur.

– Merci, ma chérie. Elle est en paix maintenant. »

Miz Marilyn avait les yeux rougis par les larmes. Je la voyais pour la première fois sans maquillage. Ses cheveux n'étaient pas attachés et un peu en désordre. Elle a toutefois tapé dans ses mains quand je lui ai montré la tourte. « Oh, ma parole ! Elle a presque l'air trop bonne pour être mangée. Presque ! *Trevor !* »

Tandis que Miz Marilyn parlait de ma tourte et des tourtes aux pommes délicieuses de sa sœur, « Paix à son âme », j'ai remarqué une nouvelle photo dans un cadre sur la table de l'entrée. Trevor y portait un smoking et il enlaçait une jolie fille à la peau claire en robe de bal de promo vert pâle. Maquillage parfait, cheveux brillants coiffés en anglaises. Raides et compassés, ils ressemblaient aux figurines d'un gâteau de mariage.

« … ma plus belle vaisselle et mon argenterie. Parce qu'un plat exceptionnel mérite un service exceptionnel. Oh, Trevor et Monica sont adorables, tu ne trouves pas ? a demandé Miz

Marilyn en me voyant regarder la photo. Elle a été prise dans le jardin des Caldwell. Ils ont une très belle maison là-haut, à Hillcrest. Un arrière-plan parfait. »

Une fille de Hillcrest, élève de la Woodbury Academy. Dont la mère n'avait pas baisé avec son père depuis plus de dix ans.

« Oui, c'est parfait », ai-je acquiescé.

Dans la salle à manger, j'ai à peine pu avaler une bouchée, mais Miz Marilyn et Trevor ont fait honneur à la tourte. Ils ont affirmé tous deux qu'ils n'en avaient jamais mangé d'aussi bonne. Miz Marilyn fermait les yeux à chaque bouchée. Je tentais d'assimiler toute cette gentillesse, mais je ne la méritais pas. Je n'appartenais pas à ce monde, je souillais leur impeccable maison. Trevor a terminé sa première part, écarté son assiette et mangé directement dans le plat. Je l'aurais volontiers poignardé avec ma fourchette.

Trevor me lançait à la dérobée des coups d'œil interrogateurs. Puis Miz Marilyn nous a laissés seuls pour travailler. Il m'a interrompue quand je lui ai demandé de me montrer ses devoirs. « Ça va ?

– Ça ne te regarde pas.

– Ouah ! T'es enceinte ?

– Quoi ? Non ! ai-je répondu, beaucoup trop fort.

– Alors qu'est-ce que…

– Rien. Passons à tes devoirs.

– Tu ne veux pas me dire ce qui ne va pas ? »

Qu'est-ce qui n'allait pas ? Qu'est-ce que j'espérais ? Qu'il m'emmène au bal de promo simplement parce qu'on avait fait l'amour ? Il ne m'avait pas dit qu'il avait une petite amie, mais en même temps, je n'avais pas demandé. Me devait-il quelque chose ? Quelqu'un me devait-il quoi que ce soit ?

« Je ne savais pas que tu avais une petite amie.

– Oh. Ouais. »

Ouais ? C'était tout ? Ouais ?

Les quarante minutes suivantes m'ont paru durer une année. Trevor a terminé ses devoirs. J'ai vérifié et nous sommes revenus sur ses erreurs. J'ai parlé le moins possible. Ma voix, lente et lourde, semblait appartenir à quelqu'un d'autre.

La séance finie, j'ai pris mon sac pour partir.

« Attends. » Il s'est levé et m'a attirée à lui.

« Lâche-moi. » Je l'ai repoussé.

Trevor a haussé les épaules. « Très bien. Si c'est ce que tu veux. »

Qu'est-ce que je voulais ?

Je voulais me libérer des secrets des autres.

« Oui. C'est ce que je veux. »

Dans l'entrée, Miz Marilyn m'a tendu le plat qu'elle avait lavé et ma dernière enveloppe. « Avec un bonus ! » a-t-elle dit en m'enlaçant. Au moment où j'ai franchi la porte, elle m'a lancé : « Viens me voir quand tu veux. Cette grande et vieille maison va me sembler vide à l'automne.

– Oui, madame », ai-je répondu en sachant que je ne le ferais pas.

À peine dans la rue et hors de vue, je me suis mise à courir. J'ai couru, puis pleuré tout au long du trajet en bus jusqu'à la maison.

Je suis entrée en coup de vent et j'ai trouvé ma mère dans la cuisine. Elle rangeait les courses.

« Comment c'était… ?

– Tiens ! » Je lui ai lancé l'enveloppe. Elle a voulu l'attraper, mais elle est tombée à ses pieds. J'ai lâché le plat de tourte vide et, de toutes mes forces, l'ai envoyé promener d'un coup de pied à travers la pièce. Il a heurté le bas de la cuisinière.

« Ma fille, je ne sais pas ce qui te prend, mais…

– Je ne veux pas de son fric et je ne veux plus jamais le voir dans cette maison ! »

Ma mère a ri sèchement, l'air méprisant. Elle a traversé la pièce et approché son visage tout près du mien. « À ton avis, quel argent nous permet de rester dans cette maison ? Tu te rappelles la dernière fois que l'électricité a été coupée ? Et l'eau ? Tu ne t'en souviens pas, hein ? Au lieu de parler de ce que tu ne veux pas, tu devrais le remercier. »

J'ai secoué la tête. « Non. Je ne le remercierai jamais de tromper sa femme, de me faire entrer dans sa famille. Et j'aurais préféré être à la rue, mais j'imagine que je devrais te remercier d'avoir baisé avec lui toutes ces années pour que j'aie un toit sur la tête. »

Ma mère a levé la main et m'a giflée si fort sur la bouche que j'ai failli perdre l'équilibre. J'ai levé la main pour la gifler aussi et elle m'a dévisagée. « Vas-y. Ne te gêne pas. Et fous le camp de chez moi. »

J'ai fermé le poing. « Pourquoi ne m'as-tu pas laissée en dehors de tout ça ? » Les larmes ruisselaient sur mes joues. Ma mère ne quittait pas des yeux mon poing levé. « Regarde-moi ! » ai-je hurlé. Mais elle n'en a rien fait.

« Tu aurais pu refuser, a-t-elle chuchoté.

– Ah, oui, vraiment ? Je ne me rappelle pas qu'on m'ait demandé mon avis. Alors n'essaie pas de me faire porter le chapeau ! »

Ma mère m'a de nouveau giflée. « Fais attention à ce que tu dis ! »

J'ai encore levé le poing. « J'espère que le pasteur Neely va s'étouffer et mourir en mangeant ta prochaine tourte.

– Ne parle pas comme ça, Olivia ! Dieu n'aime pas les mauvaises pensées.

– Ne me parle pas de Dieu. Jamais. Parce que vous êtes les plus mauvais. Toi et le pasteur Neely. Les plus mauvais. » Je haletais et je ne parvenais pas à cesser de pleurer, même si je le voulais. « Alors, tu n'as plus à t'inquiéter, maman, car je ne veux pas te ressembler. Je le jure, ma vie n'aura rien à voir avec la tienne. Parce qu'elle sera douce et pas faite de miettes. »

J'ai baissé le poing. Car, en attendant, je n'avais nulle part où aller.

Chute de neige

Les femmes noires ne sont pas censées pelleter la neige. Rhonda marmonne ces mots alors que nous nous enfonçons jusqu'aux genoux. Il nous faut le faire. Quand il neige beaucoup la nuit, nous nous réveillons avant l'aube pour nous habiller, pelleter la neige, dégager la Honda, prévenir les procès pour glissades et chutes des voisins et arriver malgré tout à l'heure au travail.

Mais je sais d'où vient Rhonda. Nous qui sommes apparemment taillées pour tout faire, nous ne sommes pas taillées pour cela. Il n'existe aucune paire de gants capable d'empêcher nos mains de geler quand nous déblayons la neige et la glace ou que nous en débarrassons le pare-brise. Il n'existe aucune paire de bottes capable d'empêcher le froid d'engourdir nos orteils. Ni les couches de vêtements superposées ni les pantalons imperméables ne le tiennent en échec. Nous le sentons dans nos poumons. Et non, l'activité physique ne nous réchauffe pas. Elle nous irrite.

Nous n'aimons pas l'admettre, mais la neige est magnifique. Quand elle saupoudre les branches nues, quand elle paraît légère, cotonneuse et innocente. Le problème, c'est le travail qu'elle exige. En raclant la neige sur le coffre de la voiture, je déclare pourtant : « Ce n'est peut-être que nous. Toutes les femmes noires qui sont nées et ont grandi dans cette ville... bon, d'accord, elles ne sont pas *si* nombreuses... mais elles doivent s'y être habituées. Ce n'est que notre premier hiver ici. Peut-être qu'avec le temps...

– Il ne faut pas tout remettre en question, Arletha », dit Rhonda en dégageant l'allée. Je suis Arletha quand je l'énerve ; je suis Leelee le reste du temps, c'est-à-dire la plupart du temps. La plupart du temps, nous vivons entre mon besoin de tout disséquer et son besoin de garder aux choses leur intégrité par des affirmations.

Pour l'instant, nous vivons cette matinée après une énième conversation au lit, commencée assez innocemment la veille au soir. Nous vivons après ma contemplation du plafond pendant des heures, qui s'est terminée une fois de plus par un réveil trop tardif, et Rhonda a dû une fois de plus s'atteler à la corvée, dégager la neige et la glace. La troisième fois que je me suis retournée en demandant à Rhonda de m'accorder cinq minutes supplémentaires, elle n'a pas répondu. Quand je me suis réveillée, j'ai entendu sa pelle s'attaquer à la couche de glace dans l'allée. Par la fenêtre de notre chambre je l'ai regardée travailler. Casquette enfoncée sur ses boucles tombant en cascade sur ses épaules et parsemées de flocons. Bras minces assenant à la glace des coups bien plus forts qu'il ne semblait possible.

Je balaie les dernières traces de neige sur le capot de la voiture et reviens racler le coffre. Rhonda a presque fini de casser la glace.

Quand mon travail d'enseignante à l'université nous a amenées ici l'été dernier, nous savions qu'il y aurait de la neige, mais nous ne savions pas que ce truc modèlerait le cours de tant de nos jours et de nos nuits. Nous ne maîtrisons ni l'une ni l'autre complètement la conduite sur les routes enneigées et nos expériences avec les chauffeurs Uber ont été aléatoires. Nous stockons donc les provisions et profitons des journées de beau temps pour faire le plus de courses possible.

Mais il n'y a pas que la neige. Le froid à lui seul nous a confinées et poussées à regarder à la suite des épisodes de *The Office* et à nous faire livrer des plats thaï. Être dehors par ce froid nous rend un peu grincheuses et singulièrement résolues à atteindre le premier endroit chauffé.

Nous sommes nées et nous avons grandi dans des régions plus chaudes, en Géorgie et en Floride. Plus chaudes également par le charme résiduel, les sourires polis et la prétendue distinction des Blancs dont les ancêtres étaient propriétaires des nôtres. Dans le Sud, la météo qu'il fait n'arrache pas de larmes à vos yeux, provoquant l'inquiétude sur le visage des passants l'espace d'une microseconde. C'est le vent, a-t-on envie de leur dire, mais une microseconde, c'est trop court. Dans le Sud, la météo ne vous fait pas souffrir jusqu'à la moelle des os et ne vous oblige pas à vous réveiller une demi-heure plus tôt pour réparer ce qu'il a fait à vos marches, votre trottoir, votre allée et votre voiture pendant que vous dormiez.

Quand même, dans le Sud, il y a des ouragans, entend-on. Oui, mais pas quasiment tous les jours, bon sang, pas durant plus d'un quart de l'année.

Quand on dit aux gens d'ici qu'on vient du Sud, neuf fois sur dix ils vous sortent la même platitude : « Le soleil doit vous manquer. » Considérer comme une évidence les bains de soleil et les trajets sans stress du matin nous manque, à Rhonda et moi. Mais ce qui nous manque le plus, ce sont les rires et les étreintes de nos mères, de nos grands-mères, de nos tantes, qu'elles soient ou non de la famille. Ce qui nous manque, ce sont les grandes tables en chêne de leurs salles à manger où, quand nous étions petites dans les années soixante-dix et quatre-vingt, nous mangions des bols entiers de leurs puddings aux bananes, tandis qu'elles parlaient entre elles du poids que nous avions pris, comme si nous n'étions pas là. Ce qui nous manque, c'est de les aider à équeuter les haricots verts et à écosser les petits pois, assises à la table de leur cuisine, en regardant *Les feux de l'amour* à la télé perchée sur le passe-plat. Ce qui nous manque, c'est leur amour pour Victor Newman, leur haine pour Jill Foster et leur jalousie envers Miss Chancellor, ses lustres et ses cascades de diamants.

Ce qui nous manque, ce sont leurs bras nus et bruns suspendant les vêtements par des pinces en bois sur la corde à linge. Ce qui nous manque, c'est leur thé infusé toute la journée dans un grand récipient posé au soleil sur la table du jardin, dans lequel on ajoute ensuite beaucoup de sucre et qu'on déguste en début de soirée accompagné d'assiettes de poulet frit. Ce qui nous manque, c'est de nous coucher à côté d'elles la nuit dans leur lit à colonnes au matelas trop mou couvert de draps repassés et de couvertures vieilles de trois générations. Ce qui nous manque, ce sont leurs peignoirs parfumés au liniment Absorbine Jr et les traces de White Shoulders qu'elles ont vaporisé le matin avant d'aller à l'église. Ce qui nous manque, c'est de suivre les doux replis de leur peau quand nous nous tenions par la main et regardions nos séries préférées dans leur lit. *Dallas*, *Dynastie*, *Côte Ouest* et *Falcon Crest*.

Ce qui nous manque, ce sont leurs rires et l'intimité entre elles. Leurs amitiés qui duraient toute la vie, survivant aux maris volages et aux enfants ingrats. Survivant au jour où Alma avait surpris Joe qui la trompait ; elle lui avait assené sur la tête un grand coup de l'épée qu'il avait rapportée de la guerre, mais il avait raconté à l'hôpital qu'il ne savait pas qui lui avait fait ça. Survivant à l'obligation de cacher leurs flacons de médicaments dans leurs chaussures, car, sinon, sept de leurs neuf enfants risquaient de les voler. Ce qui nous manque, c'est leur façon de juger tout le monde sauf elles-mêmes. Ou peut-être ce jugement venait-il des « pilules pour les nerfs » qu'elles se procuraient chez le docteur chinois de Bay Street qui ne posait pas de questions. Ce qui nous manque, ce sont leurs verres clandestins d'alcool brun le vendredi et leurs appels sans vergogne à Jésus le dimanche.

Ce qui nous manque, c'est leur unique dent en or qui nous interrogeait sur celles qu'elles avaient été quand elles étaient jeunes.

Ce qui nous manque, ce sont leurs crabes bleus, dont les carapaces viraient au rouge sang en cuisant dans des bassines posées sur les briques d'un feu de fortune au jardin. Les bassines nous rappelaient des chaudrons, remplis de sel gemme – et l'eau saturée de poivre de Cayenne qui bouillonnait, les filets d'aromates, les oignons coupés en deux, les poivrons qui flottaient à la surface, ainsi que les pommes de terre et les épis de maïs. Ce qui nous manque, c'est de les voir se tenir au-dessus de ces bassines comme des sorcières mélangeant une potion. Une perle de sueur au bout du nez et des volutes de fumée autour de leurs mains et de leurs poignets, elles maniaient le long manche des cuillères en bois pour faire plonger les crabes agités et affolés vers leur mort.

Ce qui nous manque, ce sont les robes qu'elles nous cousaient à Pâques, leurs quatre-quarts et la façon qu'elles avaient de se tirer des situations sans issue.

Mais nous avons perdu tout cela quand nous nous sommes choisies. Il ne reste que les souvenirs. C'est pourquoi, même si nous n'avons pas grandi au même endroit, tant de nos conversations au lit commencent par « Tu te rappelles quand… », lorsque nous sommes couchées dans le noir avec notre nostalgie et rien pour nous en distraire. Plus même la femme à nos côtés.

Il a neigé un jour dans ma petite ville de Floride. En 1989, j'étais rentrée à la maison durant mes vacances universitaires d'hiver. Je rendais visite à Tonya, une amie d'enfance, quand ma mère a appelé chez elle, car elle était inquiète et me cherchait. Avais-je vu la météo ? Non. Quand elle m'a expliqué qu'on prévoyait de la neige et du verglas, je me suis mise à rire et lui ai demandé si elle avait bu.

Ma mère a pris la mouche. « Ma fille, je suis sérieuse. On ne plaisante pas avec un temps pareil. Mayretta dit que, près de chez elle, les voitures dérapent parce que les gens ne savent pas conduire par ce temps. Je sais bien que je t'avais demandé de passer prendre deux portions chez Church, mais il faut que tu rentres tout de suite.

– Oui, maman. »

Bien sûr, je ne l'ai pas écoutée.

Je suis restée chez Tonya une heure de plus. Maman m'a dit plus tard qu'elle avait essayé de rappeler, mais apparemment la mère de Tonya était au téléphone et elle n'avait pas de signal d'appel. Quand maman a enfin obtenu la communication, j'étais partie. C'était évidemment avant les téléphones portables. J'avais à peine franchi la porte de chez nous que ma mère a commencé à se plaindre.

« J'étais rongée d'inquiétude, je croyais que tu étais morte dans un fossé quelque part ! »

Je lui ai tendu le sac de poulet de chez Church et elle l'a regardé comme s'il s'agissait d'un extraterrestre.

« Je t'avais dit…

– Je sais. Mais on roulait bien entre la maison de Tonya et Church, et entre Church et ici. Et je sais que tu avais vraiment envie de ce poulet. Je t'ai pris des ailes. » Je lui ai de nouveau tendu le sac. « Et j'ai pensé à ton piment. »

Ma mère s'est effondrée dans son fauteuil préféré et s'est mise à rire et à pleurer en même temps. Elle m'a attirée sur ses genoux et m'a bercée. J'étais aussi grande qu'elle et cela devait valoir le coup d'œil.

« Leelee, tu es tout ce que je possède au monde. L'idée qu'il puisse t'arriver quelque chose… »

Il n'y avait toujours eu que maman et moi. Maman ne s'était jamais mariée et, à ma connaissance, n'était jamais sortie avec un homme. Mon père ne voulait pas être père, du moins pas le mien. Maman m'avait expliqué qu'il était marié, avait des enfants et était diacre à l'église où elle et sa famille se rendaient avant ma naissance. Elle disait que le Seigneur lui avait fait don de moi quand elle avait quarante et un ans – « Pas le perdreau de l'année ! » – et qu'Il ne faisait pas d'erreurs. Je savais que maman m'aimait. Je savais qu'elle avait deux emplois et qu'elle se sacrifiait pour que j'aie tout ce dont j'avais besoin et presque tout ce que je voulais. Disney World pour mes cinq ans, quand elle avait du mal à payer l'électricité. Des mandats de dix dollars quand j'étais à l'université alors que mes frais de scolarité étaient aussi élevés que ce qu'elle gagnait en un an dans son deuxième emploi. C'est pourquoi j'avais insisté pour lui apporter le poulet ; elle faisait tout pour moi et si peu pour elle.

Mais comme un bel édredon l'été, l'amour de ma mère était étouffant, du genre à vous irriter et à ne pas vous manquer jusqu'au changement de saison quand on en a de nouveau besoin.

À l'époque, je ne savais pas si ma mère m'aimerait encore en apprenant que Tonya était plus qu'une amie. Et je n'essayais pas de le découvrir.

Rhonda et moi ne manquons pas d'amies noires ici. Il y a Faith, Staycee, Melanie, Kelli. Mais l'amitié ne vaut pas les souvenirs du passé, de même qu'un os n'est pas comme sa moelle. Ces amies nous expliquent que cette ville – de fer, d'acier et de froideur – est mieux, plus sûre que là d'où nous venons. Elles imaginent nos terres d'origine et voient des drapeaux confédérés, des rednecks, des traîne-savates vantards avec des dents en or qui déblatèrent sur les pétasses et les putes. Elles ne voient pas ce qu'était notre foyer.

Le soir, au lit, lors de nos « tu te rappelles quand », Rhonda ne voit pas non plus son foyer. Seulement des moments et des gens couleur sépia, des objets figés dans l'ambre. Comme quand on remet le vieil album de photos corné sur l'étagère ou qu'on éteint la télé après avoir regardé *Good Times* sur TV Land. Elle s'endort si facilement. Me laissant seule pour repousser mes pensées.

La nuit dernière, mes pensées ont gagné. Je contemplais le plafond et songeais à ma mère couchée dans son lit, un édredon et un chauffage portatif lui suffisant l'hiver dans son monde. Je ne lui ai pas parlé depuis octobre, mais même alors nous nous sommes surtout assurées que nous étions mutuellement en vie. Nous avons parlé du poisson frit des dames patronnesses et du chapeau qu'elle avait acheté pour la Journée des femmes à l'église ; du fils d'une vieille voisine envoyé en prison une troisième fois pour trafic de drogue ; de si j'aimais ou non mon travail à l'université (oui). Puis la tension habituelle est revenue et le regret que nous ressentions toutes les deux – de téléphoner, de répondre – était palpable.

Lors de ces rares appels, ma mère ne s'enquérait jamais de Rhonda. Je contemplais le plafond et me demandais si ma mère parlait encore de Rhonda comme d'« une fille rencontrée sur Internet » lors de ses conversations avec Miss Mayretta et ses autres amies. Elle connaissait le nom de Rhonda parce que je le lui avais dit. Je lui avais raconté tout ce qu'elle feignait de ne pas savoir sur moi, ignorance démentie par ses questions, des années de questions inépuisables, sur les garçons sans nom qui ne m'appelaient jamais, qui ne m'emmenaient jamais au bal de promo, qui ne lui donnaient jamais une raison autre d'avoir honte de moi.

Ma mère connaissait le nom de Rhonda et refusait de le prononcer. Refusait de la rencontrer. Se contentait de prier pour mon âme. Quand je suis sortie de chez elle la dernière fois il y a huit mois, elle a hurlé dans mon dos : « Tu t'enfuis avec une *fille* que tu as trouvée sur Internet ! Qui t'a élevée ? »

Leelee, tu es tout ce que je possède au monde…

Comment le monde de ma mère pouvait-il tourner rond sans que j'y figure ?

Il n'y parvenait peut-être plus. Elle était peut-être couchée dans son lit et pensait à moi, en se faisant du souci. Peut-être.

La mère de Rhonda l'avait mise dehors quand elle était adolescente. Elles ne se parlaient plus depuis vingt ans. Rhonda avait squatté des canapés pendant un temps, et puis, à dix-huit ans, elle était partie en ville et avait trouvé un travail à la poste. Elle avait économisé pour s'acheter un appartement et juré de ne plus jamais se trouver là où on ne voulait pas d'elle. Nous avions trente ans quand j'ai fait sa connaissance, et elle venait d'acheter une maison. Nous avons fait la navette entre chez elle et chez moi durant quelques années, jusqu'au jour où j'ai obtenu un travail à l'université. Elle n'a pas hésité quand je lui ai demandé d'emménager ici avec moi.

« Tu es mon foyer, Leelee », a-t-elle dit. Et je n'ai pas tout de suite compris ce qu'elle entendait par là. Plus tard, oui. Quand nous avons emménagé ici, je pensais qu'elle avait peut-être raison. Je croyais que nous étions le seul foyer dont nous avions besoin, l'une et l'autre. Tout au long d'un doux été, tout au long d'un magnifique automne rouge et or, je l'ai cru.

Et puis, la nuit dernière, après avoir contemplé le plafond une bonne heure, j'ai fait une chose que je ne fais jamais. J'ai réveillé Rhonda. Et je lui ai demandé : « Est-ce qu'il t'arrive de penser à retourner dans le Sud, chez nous ? »

Au début de l'année, une cousine avait raconté à Rhonda que, quand les gens demandaient de ses nouvelles, sa mère répondait qu'elle était sans doute morte quelque part, même si la cousine lui avait appris que Rhonda était vivante et en bonne santé.

Je ne distinguais pas le visage de Rhonda dans l'obscurité, mais dans le silence qui suivit, je l'imaginais clignant des yeux pour chasser le brouillard du sommeil. Puis elle a déclaré : « Arletha, je t'ai déjà dit où est mon foyer. »

J'ai aussitôt regretté ma question.

Rhonda pose la pelle contre le mur de la maison et répand du sel sur l'allée et le trottoir dégagés. Je l'attends au chaud dans la voiture. N'ayant qu'une voiture et des transports en commun merdiques, je vais la déposer au palais de justice où elle est greffière, puis je prendrai le chemin du campus. Le vendredi après-midi, je fais un cours sur les féminismes noirs. J'ai donc quelques heures pour noter des copies et préparer mon intervention.

Quand Rhonda a fini de répandre le sel, elle monte à côté de moi. Je balaie quelques flocons de ses boucles et ils fondent dans ma main. Je ne saurais dire si elle se raidit à mon contact ou si je l'imagine. Son silence quand je recule dans l'allée me fait pencher pour la première explication.

« On prévoit une nouvelle tempête de neige. Cette merde va encore durer combien de semaines ?

– Aussi longtemps que le dit la marmotte, je pense », répond Rhonda.

Nous roulons lentement en descendant les collines pentues de notre quartier. J'ai peur que les freins se bloquent et qu'on atterrisse droit dans un panneau de stop. J'ai encore plus peur des autres conducteurs, sans doute de la région, qui ralentissent à peine ou pas du tout les jours comme celui-ci. Une fois les rues dégagées, c'est chacun pour soi. Mais j'imagine que quand on vit ici depuis un bon moment, on sait mieux si la route est juste noire ou s'il y a du verglas. Rhonda et moi ne possédons pas encore une masse d'indices suffisante pour acquérir cette confiance. Mais les gens du coin ne le savent pas, évidemment. Ils collent à notre pare-chocs, klaxonnent ou déboîtent à toute allure quand nous roulons trop lentement à leur goût. J'ai envie d'accrocher une pancarte sur la vitre arrière : « Nous ne sommes pas d'ici. Soyez indulgents, s'il vous plaît. »

Rhonda se contente de dire : « Qu'ils aillent se faire foutre », et leur fait un doigt d'honneur quand ils nous dépassent.

Mais aujourd'hui, pas d'insultes pendant le trajet. Les conducteurs impatients passent et klaxonnent sans un mot de Rhonda. Je me penche pour l'embrasser quand elle va sortir de la voiture devant le tribunal et nos lèvres s'effleurent à peine. Depuis quand n'avons-nous rien fait de plus au lit que nous embrasser et évoquer nos souvenirs ?

Mais ce baiser, tel qu'il est, reste un baiser. Et je me demande si je cesserai un jour de remarquer et de cataloguer tout ce que nous faisons ici que nous ne faisions pas – ne pouvions pas faire – chez nous. Je me demande si ce catalogue va s'allonger au point que je n'en puisse plus.

Arrivée au campus, j'ai plus de mal que d'habitude à trouver où me garer, car la neige a été entassée sur certains emplacements. Je finis par trouver une place à deux blocs de mon bureau, dans une petite rue bordée d'arbres. Je prends mon courage à deux mains pour affronter le froid et j'ouvre la portière.

Je sors de la voiture et mes jambes se dérobent immédiatement sous moi. Mon cul s'écrase sur la plaque de glace, mon épaule et mon dos heurtent le flanc de la voiture. La portière me bouche la vue et ma première pensée est : *Est-ce que quelqu'un me voit ?* Mais je ne suis pas sûre de vouloir être vue.

Le froid s'infiltre dans mon pantalon imperméable et la douleur fuse du bas de mon dos jusqu'à mes épaules. Je veux me relever, mais j'ai peur de glisser et de retomber. J'entends passer des piétons et des voitures. Je pourrais les héler. Je pourrais trouver de l'aide. Je regarde le ciel, gris comme les branches au-dessus de ma tête. Elles penchent vers moi, ployant sous le poids de la neige accumulée.

Une pensée se cristallise et m'envahit, une pensée qui ne m'est pas venue depuis des années, dix peut-être : je veux ma mère.

Si mon téléphone ne se trouvait pas dans mon sac sur la banquette arrière, j'appellerais ma mère sans délai. Ma mère, autrefois mon refuge douillet. Et qui ne l'est plus.

J'ai mal partout et je soupçonne que j'aurai encore plus mal debout. Je grimace à l'idée de marcher jusqu'à mon bureau. Puis je me dis que je suis ridicule. *Debout. Debout debout debout.* Je répète ce mot dans ma tête, puis tout bas en me mettant à genoux. Je me hisse sur le siège du conducteur et claque la portière. Je mets le contact et le chauffage. Je sanglote à présent et j'ai l'impression que le son vient de quelqu'un d'autre. Comme le jour où je me suis réveillée après une petite intervention chirurgicale, gênée par une femme à côté de moi qui n'arrêtait pas de pleurer, sans me rendre compte que, cette femme, c'était moi.

Tendre le bras pour prendre mon sac me fait mal, mais je le fais tout de même. Je sors mon téléphone et affiche le numéro de ma mère. Je reste assise, le doigt hésitant sur la touche « appel », une éternité, me semble-t-il. Mais alors je fais défiler la liste des appels récents et j'appuie sur le nom de Rhonda. Je tente de maîtriser mes sanglots avant qu'elle me réponde, mais je n'y arrive pas.

« Leelee, mon chou, moins vite, moins vite. Je ne comprends pas ce que tu dis. Qu'est-ce qui s'est passé ?

– Je déteste cette putain de neige !

– D'accord…

– Je déteste la neige. Je déteste l'hiver. Je déteste cette ville ! Je ne veux pas être ici. »

Silence. Rhonda soupire. « Où veux-tu être ?

– Je… ne sais pas.

– Je crois que si.

– J'ai glissé.

– Quoi ?

– J'ai glissé et je suis tombée en sortant de la voiture. Je vais bien. Mais… j'ai failli appeler ma mère. »

Silence. Puis Rhonda dit : « Ça doit être chouette. »

Je voudrais lui expliquer que ce n'était qu'une réaction primale, cette envie d'appeler ma mère. Je voudrais lui dire qu'elle est mon foyer aussi, qu'elle est mon refuge douillet, et moi le sien.

Mais rien de ce que je pourrais dire ne changerait le privilège que constitue ma mère : je pourrais l'appeler si j'en avais envie et elle répondrait. Elle pourrait même m'offrir un minimum de réconfort et de sollicitude, tout comme elle en offrirait à une inconnue. J'obtiendrais cela, au moins. Pas Rhonda.

« Leelee, si tu es sûre que ça va, il faut que je me remette au travail. »

De nouvelles larmes me piquent les yeux. « Je suis sûre. Oui. »

Nous raccrochons et je remets le téléphone dans mon sac. Je m'arme contre la douleur et je sors de nouveau de la voiture, cette fois en enjambant la plaque de glace. Marcher jusqu'à mon bureau n'est pas trop douloureux, mais je sens le battement de la contusion dans mon dos et mes épaules.

J'ai pris trois Tylenol avant mon cours, que j'assure assise sur une chaise devant mes étudiants et pas debout comme d'ordinaire. J'ai l'impression d'avancer peut-être un peu moins vite que d'habitude. Mes étudiants, un groupe engagé de douze femmes et deux hommes, ne semblent rien remarquer. Je leur déclare qu'ils sont ma seule lumière dans une journée par ailleurs épouvantable. Je suis sûre qu'ils trouvent cela étrange, mais j'avais envie de le dire.

Plus tard, quand elle monte dans la voiture, Rhonda me demande comment je me sens. Je lui réponds que ça va, et nous progressons au pas dans la circulation à l'heure de pointe.

« Leelee… je suis désolée de t'avoir dit “Ça doit être chouette”.

– Pas de problème, mon chou. Je comprends.

– En fait, il y a un problème. Ce n'est pas parce que ma… ce n'est pas parce que quelqu'un m'a fait de la peine que ce n'est pas un problème si je te fais de la peine, si je ne suis pas là quand tu en as besoin. »

Je ne sais pas trop quoi répondre. Il se met à neiger plus fort quand nous arrivons dans notre quartier. J'arrête la voiture dans l'allée et m'arme de nouveau contre la douleur pour sortir doucement de la voiture. Quand je suis bien campée sur mes pieds, je remarque Rhonda debout devant la portière côté conducteur, ses clefs de voiture à la main.

« Rentre, j'arrive dans pas longtemps, dit-elle.

– Où vas-tu ? Il neige.

– Je sais. Ne t'en fais pas.

– Mais où vas-tu ? »

Rhonda secoue la tête. « Rentre à la maison et fais-toi couler un bain chaud. S'il te plaît ! »

J'entre, fais couler l'eau du bain et essaie de ne pas m'inquiéter. Notre baignoire a des pieds griffus, comme celle de la maison où j'ai grandi. Rhonda pense que j'ai choisi cette maison à cause de la baignoire et elle a peut-être raison. J'ai visité des maisons en meilleur état que celle-ci et dans de plus beaux quartiers, mais c'était la seule à avoir une baignoire avec des pieds griffus. Je m'immerge, laisse l'eau couvrir mon dos et mes épaules, laisse mes yeux se fermer.

J'imagine que c'est ce qu'a ressenti Rhonda le premier soir où il a neigé. J'étais sortie, je conduisais et elle était à la maison, inquiète. Elle était restée chez nous ce jour-là pour attendre l'électricien qui devait remplacer quelques prises de courant. La circulation était épouvantable à cause de la neige et d'un accident, et quand j'ai fini par rentrer, il faisait nuit depuis un moment. Rhonda était tiraillée entre le désir de rester au téléphone avec moi pour s'assurer que tout allait bien et l'envie de raccrocher pour ne pas me déconcentrer. Quand je n'ai plus eu de batterie, le dilemme a été résolu.

Mon téléphone chargé à bloc est posé par terre à côté de la baignoire.

Je me distrais avec un jeu d'enfant : je me savonne les mains et je fais des bulles dans le cercle formé par mes doigts comme si je tenais une baguette magique. La douleur dans mon dos et mes épaules commence à s'estomper. Je m'imagine qu'elle va disparaître dans l'eau, mélangée aux résidus de savon.

Je finis par m'assoupir. Je me réveille de temps en temps pour ajouter de l'eau chaude et regarder mon téléphone.

À un moment, je trouve un message de Rhonda : *Je rentre*. Je lui envoie en retour *Je t'aime*. Pas de réponse.

Quand je me réveille de nouveau, Rhonda, debout à côté de la baignoire, tient un des T-shirts immenses que je mets pour dormir.

« Ton dos… On dirait que tu t'es battue avec un ours… et que tu as perdu. Viens. J'ai quelque chose pour toi en bas. » Elle a enlevé ses vêtements de bureau et enfilé une robe d'été sans bretelles que je ne lui ai jamais vue depuis que nous nous sommes installées ici. Je me sèche et la suis.

Je reconnais l'odeur avant de voir. D'abord le piment, puis toute la gamme des arômes : oignons, poivrons, assaisonnements Old Bay et Zatarain's Crab Boil.

Des sacs du supermarché jonchent le sol et les plans de travail. La table de la cuisine est couverte de journaux que Rhonda a dû acheter au magasin. Ma mère gardait toujours de vieux journaux pour couvrir la table de pique-nique du jardin. Et exactement comme sur la table de ma mère, il y a de petites coupes de beurre fondu, une bouteille de Louisiana Hot Sauce et un pichet de thé sucré.

Sur la cuisinière, la marmite est pleine d'eau bouillonnante rouge vif, minuscule océan furieux rempli de pattes de crabe des neiges, de pommes de terre, d'épis de maïs.

Nous avons essayé au début de trouver des crabes bleus vivants chez Wholey, la boutique de fruits de mer que tout le monde recommande, mais ils reçoivent leurs produits de bonne heure le lundi matin et tout est vendu dans les minutes qui suivent.

Je me tourne vers Rhonda. Elle sourit et ouvre grand les bras. « Ils sont surgelés, mais c'est le meilleur remède contre le blues de l'hiver. »

C'est alors que j'entends la chanson qui passe sur l'iPod de Rhonda : « Summertime » par DJ Jazzy Jeff and the Fresh

Prince. Je fais deux pas jusqu'aux bras de Rhonda et nous tournons ensemble dans la cuisine le temps que les crabes soient cuits et nos visages moites à cause de l'air humide et salé.

Rhonda remplit de crabes un plat en aluminium et le pose au milieu de la table. Je nous verse du thé.

Rhonda me rejoint à table : « Pas qu'il te faille ma permission, mais ça ne me dérange pas que tu appelles ta mère. Je veux dire, ne me prends pas comme prétexte pour ne pas le faire. Et tu as peut-être envie d'aller la voir. De passer un peu de temps avec elle. Elle t'appelle, pas souvent, mais ça veut dire qu'elle te laisse une place dans sa vie. »

J'essaie de déceler une trace de résignation ou de martyre dans ses paroles, mais comme toujours ce que dit Rhonda est exactement ce qu'elle pense.

« Ma chérie, la place que ma mère a laissée pour moi est trop petite pour deux », dis-je.

Rhonda hoche la tête et nous attaquons.

Dehors, la neige couvre la véranda. Elle va tomber toute la nuit et, demain, nous ferons de nouveau ce qu'elle exige de nous.

Comment faire l'amour à un physicien

Comment fais-tu l'amour à un physicien? Tu le fais le Jour de pi – pi est une constante et aussi un nombre irrationnel – mais le terrain est préparé des mois à l'avance. Tu dois d'abord le rencontrer en te rendant à un congrès STEAM[3]. Tu y es présente en tant que professeure d'art dans un collège pour garantir que les A(rts) sont bien représentés et pas noyés parmi les géants que sont la science, la technologie, l'ingénierie et les maths. Mais comme tu es une femme noire, tu es là pour figurer dans Comptez les Noirs, comme à chaque congrès. Il est le numéro douze parmi des centaines de gens présents. Le premier jour, tu le remarques qui descend l'escalator du palais des congrès quand, toi, tu montes. Tu essaies de deviner à quelle lettre de l'acronyme il correspond. Son visage et ses mini-dreads te font pencher à parts égales pour « poète » ou « professeur de maths au lycée ».

3. Méthode d'enseignement (Science, Technology, Engineering, Arts, Mathematics).

Le deuxième jour du congrès, tu le vois à une séance en petit groupe : « Intégration des arts et citoyenneté globale ». Il discute avec la présentatrice – une sœur, numéro treize – avant le début de la séance. D'après ce que tu entends, tu comprends qu'ils se connaissent depuis l'époque où ils étaient étudiants à Atlanta au début des années quatre-vingt-dix. Ils ont beaucoup de relations communes dans leurs universités respectives. Ils se promettent de se revoir avant la fin du congrès. Tu remarques qu'elle porte une alliance et pas lui.

Quand tu quittes la séance, il remarque que tu le remarques. Son sourire est magnifique ; tu le lui rends. Il t'emboîte le pas, tend la main et se présente : « Eric Turman », mais tu entends « Erick Sermon ». Tu écarquilles les yeux, puis les plisses, car tu penses qu'il plaisante de façon bizarrement ésotérique.

« Non, Eric *Turman*, répète-t-il en riant. Pas le type d'EPMD.

– Pardon. Je m'appelle Lyra James. À ne pas confondre avec Rick James. »

Eric glousse. « Mais souvent confondue avec la Lyre qui abrite l'une des étoiles les plus brillantes de notre ciel nocturne. »

Le compliment te prend au dépourvu et tu le caches probablement mal. « Donc, vous êtes… professeur de sciences ? »

Il n'est pas professeur de sciences, pas plus que poète. Il est physicien et président du comité des programmes d'éducation pour l'American Physics Society.

Vous dites des banalités sur « Intégration des arts et citoyenneté globale ». Il te demande ce qui t'amène au congrès et tu lui expliques que tu enseignes l'art au collège – sculpture, gravure, peinture, art textile, céramique. Il te demande si tu lui en dirais plus au déjeuner. Tu acceptes. La conversation se poursuit au dîner – tu apprends ce que fait le président du comité des programmes d'éducation pour l'American Physics

Society –, puis au bar de l'hôtel, autour d'un verre. Et ensuite sur un canapé dans le hall. Vous avez en commun vos cinq MC préférés. Vous discutez pour savoir qui de Scarface ou Rakim vous placez en tête des rappeurs.

Tu remarques ses cils épais, ses grandes mains et une petite cicatrice près de son sourcil droit. Quand il soulève sa casquette de temps en temps pour se gratter la tête, tu vois que ses mini-dreads sont soignées et bien hydratées.

Il te parle de son travail, celui qui paie ses factures, qui consiste à élaborer des théories d'astrophysique et de cosmologie, et à mener des recherches pour les vérifier. « J'aspire à être astronaute comme activité secondaire, mais la NASA ne répond pas aux appels d'un frère. » Il hausse les épaules. « Et vous ?

– Moi ? Je n'ai que ce travail.

– Et vos aspirations ? »

Tu respires un grand coup et dévoiles tes rêves. « Vous connaissez l'école qu'a ouverte LeBron James ? J'ai envie d'en ouvrir une semblable. Plusieurs, en fait, dans tout le pays. Mais je commencerai par une seule, pour des familles entières. C'est vraiment la clé, vous comprenez ? »

Il comprend. Et avant que tu t'en rendes compte, il est minuit passé et vous portez encore vos badges. Ensemble, vous résolvez tous les problèmes de l'enseignement public, sauf qu'il vous faudrait mettre fin au racisme systémique, abolir le système actuel de financement des écoles et trouver quelques milliards de dollars. Eric a sorti son téléphone, fait quelques calculs, enregistré ce que tu lui as recommandé – artistes, œuvres d'art, livres, programmes de plaidoyers pour l'école publique. Il est curieux et il écoute.

À 2 h 13 du matin, il dit : « Oh, vous êtes rafraîchissante. » Et tu ne te sens pas du tout comme ça, parce que les French 75 que tu as bus au bar t'ont donné envie de dormir. Et parce qu'il est 2h13 du matin. Mais tu as envie qu'il continue à parler, tu as envie de continuer à l'écouter. *L'inviter à monter peut-être? Non, trop tôt.* Il n'a pas l'air d'un tueur en série; ce n'est pas le problème. Mais tu ne veux pas qu'il te prenne pour une de ces femmes. De celles que ta mère t'a bien dit de ne pas devenir, et que tu n'es pas devenue. Tu as quarante-deux ans.

Alors, lui demander peut-être de vous retrouver au petit déjeuner? Non, trop présomptueux.

Tu as dû avoir l'air absent en te posant ces questions, car il dit: « Je ferais mieux de vous laisser vous reposer. J'ai vraiment apprécié notre conversation. »

Vous vous levez tous les deux et vous vous étirez. Puis vous restez debout à vous regarder, sans bouger.

« J'espère que je ne suis pas trop présomptueux, mais voudriez-vous qu'on se retrouve au petit déjeuner? » dit-il.

Comment fais-tu l'amour à un physicien? En rentrant en avion du congrès, tu recenses tout ce que vous avez en commun.

• Vous en avez assez qu'on vous demande pourquoi vous êtes encore célibataire.

• Vous aimez les enfants, mais vous n'en voulez pas.

• L'automne est votre saison préférée.

• Vous n'êtes pas fan de Tyler Perry et vous en avez assez que les gens insistent pour que vous le deveniez.

• Vous avez tous deux une très mauvaise vue et on s'est moqué de vous toute votre enfance. (« Tes lunettes sont tellement épaisses que tu dois voir le futur » était l'une des blagues favorites.)

• La première Tante Viv dans *Le Prince de Bel-Air* est votre préférée.

• Entre Prince et Michael Jackson, vous choisissez Prince.

Tu as pris tous tes repas avec lui jusqu'à la fin du congrès et parlé des heures, mais il y a tant de choses que tu n'as pas abordées. Par exemple que tu as eu un petit ami au lycée, un petit ami en premier cycle à l'université et un petit ami en deuxième cycle. Que les hommes te choisissaient et que tu consacrais des années à ces relations, mais que tu ne te sentais jamais tout à fait à l'aise dans ton corps avec eux – ce que ta psy t'a aidée à comprendre. Tu ne lui as pas dit que tu restais avec ces hommes jusqu'à ce qu'ils décident de te quitter pour des femmes plus à l'aise dans leur corps, plus sûres d'elles, plus jolies.

Tu ne lui as pas dit que, si idiot et cliché que cela paraisse, tu as davantage l'habitude de t'exprimer à travers ton art. Peintures et croquis encadrés et offerts, ou encadrés et accrochés chez toi. Mais ces temps-ci, tu te contentes dans l'ensemble de te consacrer à tes élèves, c'est moins dangereux ainsi.

Tu ne lui as pas dit que, au fil des ans, tu as perdu une à une toutes tes meilleures amies, devenues épouses et mères, que tes amitiés se sont réduites aux fêtes d'anniversaire de leurs enfants et aux rares sorties entre filles.

Tu ne lui as pas dit qu'à part quelques rares aventures avec un homme rencontré sur Internet, plus quelques tripotages avec un ami d'enfance quand il ne sort pas avec une femme, tu restes célibataire pendant des mois.

Plus tard, ta psy va te demander pourquoi il aurait fallu raconter tout cela à un homme que tu venais de rencontrer. Tu sais qu'elle a raison, mais la seule réponse que tu trouves, c'est que peut-être tu es de ces femmes que doit accompagner un avertissement, un démenti.

Si Eric avait dissimulé seulement une fraction de ce que tu as dissimulé, ce serait déjà beaucoup. Lorsque ton avion atterrit, tu as jugé que tu ne saurais jamais qui il est réellement, ni même s'il était sincère. Au retrait des bagages, tu décides que ce n'était que l'excitation du moment, qu'il est retourné à sa vie et qu'il t'a oubliée. Et que tu devrais essayer de faire pareil. Alors tu effaces son numéro de ton téléphone.

De retour chez toi, le soir dans ton lit, tu envoies à tes collègues professeurs de maths et de sciences un long mail expliquant ton désir de collaborer avec eux au cours de la prochaine année scolaire.

Comment fais-tu l'amour à un physicien? Tu sors tes fusains et esquisses son visage de mémoire. Tu parles de lui à ta psy. Tu lui racontes qu'il ne t'a pas oubliée, mais que tu ne réponds pas à ses appels pas plus qu'à ses messages. Parce que tu n'es pas bonne pour ce genre de trucs.

« Quel genre de trucs? demande ta psy.

– Les hommes. Ça ne marche jamais.

– Mais vous avez dessiné son visage. Et vous m'avez parlé de lui. Pourquoi?

– Parce que nous avons passé un très bon moment ensemble. Mais c'est tout.

– Alors pourquoi vous envoie-t-il des messages?

– Par gentillesse. »

Elle penche la tête avec l'expression *Voyons, ma fille* qu'elle adopte juste avant de te provoquer. Elle demande: « Est-ce un autre exemple de votre façon de vous persuader qu'il vous faut rester à l'écart de ce qui est potentiellement bon pour vous? »

Comment fais-tu l'amour à un physicien? Tu continues à lire ses messages, même si tu n'y réponds pas. Il t'en envoie depuis des semaines, sans se démonter. Il te demande de tes nouvelles, en donne des siennes et raconte ce qu'il fait. Il a présenté à son comité une proposition pour un camp d'été d'arts et de sciences destiné aux enfants et leur famille. Il te remercie de lui en avoir donné l'idée.

Un dimanche, après l'église, alors que tu dînes chez ta mère, il t'envoie la photo d'un coucher de soleil orange et rouge avec la légende *La plus belle dispersion des rayons du soleil.* Tu ne te rends pas compte que tu souris, mais ta mère t'interroge : « Pourquoi tu souris ? » Elle semble plus méfiante que curieuse. Et tu te demandes depuis quand elle ne t'a pas vue sourire, cette femme qui insiste pour que tu emportes chez toi chaque semaine assez de restes pour dix personnes et te demande ensuite quand tu as l'intention de maigrir afin de rencontrer un homme.

Quand tu retournes au collège préparer ta salle de classe pour la nouvelle année scolaire, tu trouves un paquet envoyé par Eric dans ton casier de la salle des professeurs. Tu te demandes comment il a su où te trouver, puis tu te souviens que le nom de ton école figurait sur ton badge du congrès. Il t'a envoyé *Overview: A New Perspective of Earth*, collection de plus de deux cents photos satellite haute définition et stupéfiantes de la Terre, qui s'attachent à montrer comment l'homme a modifié la planète. La collection doit son titre à l'« overview effect » – l'effet panoramique –, la sensation de confusion, d'émotion et la nouvelle perspective que les astronautes apportent en voyant la Terre comme un tout. Une vue aérienne d'un quartier de banlieue planifié en Floride est une mosaïque de couleurs. Un cliché des aéronefs militaires et gouvernementaux au cimetière d'avions de la base de l'armée de l'air de Davis-Monthan ressemble à une collection de pointes de flèches des Indiens d'Amérique. Les champs de tulipes des Pays-Bas évoquent l'art textile.

Tu exposes le livre bien en évidence dans la bibliothèque de ta classe. Tu envoies un message à Eric : *Merci pour le livre. Il est magnifique.*

Puis tu réponds à son dernier message, qui t'informait que son comité avait approuvé la proposition de camp d'été et le finançait entièrement. Tu écris : *Félicitations pour le financement !* Et il répond : *De rien ! Et merci.*

Le soir même, tu lis *Overview* de la première à la dernière page. Et le soir suivant, tu te remets à peindre. Tu te couches tard, ayant retrouvé ton rythme.

Le week-end arrive et tu l'appelles, parce que, de toute façon, tu n'aimes pas trop les messages et parce qu'il est peut-être temps. Il répond immédiatement. Il ne te demande pas pourquoi il t'a fallu aussi longtemps. Il est content d'avoir de tes nouvelles. Et vous avez tous deux le souffle court.

Vous parlez. De sa proposition de camp d'été, de ce que vous préparez chacun pour le dîner et de vos projets du week-end. Vous parlez du nouveau documentaire sur Toni Morrison et de ce qu'elle signifie pour vous. Vous parlez du deuil.

Vous parlez tous les jours, vous sortez ensemble virtuellement grâce aux appels vidéo. Et c'est mieux que toutes les fois où tu es sortie avec quelqu'un pour de vrai. Vous regardez ensemble plusieurs épisodes à la suite de séries TV, vous cuisinez ensemble, vous buvez du vin et vous vous regardez faire la lessive. Vous parlez jour et nuit, et certaines nuits jusqu'au matin.

Tu te réveilles parfois avant l'aube et il est toujours là, son visage endormi sur l'écran de ton téléphone. Puis tu te rallonges, respirant au même rythme que lui et tu te rendors.

Comment fais-tu l'amour à un physicien ? Demande-lui s'il croit en Dieu. Demande-lui s'il croit possible de réconcilier science et religion.

« Les principes de la physique confortent la notion de Dieu car ils nous disent qu'on ne peut pas créer quelque chose à partir de rien. Il faut une origine à tout cela, à moins de croire que nous avons toujours existé, qu'il n'y a pas eu de big bang, pas de commencement à l'univers. Je ne sais pas quel est le mécanisme, mais c'est une puissance supérieure. Toute cette énergie est forcément venue de quelque part, dit-il.

– Oh ! Je pensais que tu étais athée.

– Einstein lui-même n'était pas athée. Il parlait tout le temps de Dieu. En fait, il ne croyait pas en un dieu qui s'intéresserait au comportement des hommes, ce qui est l'obsession de l'Église et la raison pour laquelle elle utilise la culpabilité et la honte pour imposer le christianisme.

– Tu ne crois pas que Dieu s'intéresse à la façon dont nous nous comportons envers les autres et la planète ?

– Je pense que c'est ce qu'il y a de plus important. Mais les êtres humains sont capables de le faire en dehors du domaine de l'Église. J'ai étudié la Bible de la première à la dernière page. Tant de choses dépendent de la traduction et de l'interprétation. J'ai été élevé dans la religion catholique et j'adore son rituel. Mais j'en suis venu à penser que croire en un dieu personnifié n'est pas essentiel. Pas pour moi. »

Tu demandes : « Et le paradis ? » Mais la question que tu as vraiment envie de poser, c'est : *Et l'enfer ?*

« Quoi donc ? »

Le paradis – y entrer, éviter l'alternative – constitue la raison de vivre dans le droit chemin, non ? Ta mère parle avec espoir du jour du Jugement et du décompte final de ceux qui auront le droit de franchir les portes du paradis, certaine que le décompte de Dieu reflétera le sien. « Ce sera un très petit nombre, aime-t-elle à dire. Seuls ceux qui empruntent le droit chemin verront le visage de Dieu. »

Et tu te rends compte que, si Dieu devait accueillir tout le monde au paradis, ta mère abandonnerait immédiatement le christianisme.

Tu ne sais pas comment répondre à la question d'Eric sur le paradis sans avoir l'air de citer un conte de fées sur le bien et le mal, la récompense et la punition.

Il te faut un moment pour t'imprégner de tout cela. Tu penses à ta mère et à la version étroite de Dieu à laquelle elle s'accroche, la seule version que tu connaisses et celle que tu as peur d'abandonner. Puis tu penses que tes conversations quotidiennes avec Eric sont une sorte de rituel et que le jour où vous vous retrouverez enfin pourrait être une sorte de consécration. Cette perspective te transporte et te terrifie en même temps. Elle te terrifie parce que tout ce que tu as toujours su de la religion, c'est qu'elle exige plus que tu ne peux donner.

« J'imagine qu'on peut trouver le paradis sur terre, dis-tu.

– C'est vrai, répond Eric. Chaque fois que je te vois sourire ou que je t'entends parler de tes élèves. Et même quand tu ne dis rien, que tu peins ou que… tu plies des serviettes.

– Le paradis, c'est moi qui plie des serviettes ?

– Bon… peut-être quand tu plies des draps-housses. Les miracles abondent. »

Comment fais-tu l'amour à un physicien ? Tu l'invites au printemps à ta première exposition en solo dans une galerie de la ville. On y verra des peintures abstraites aux couleurs vives influencées par ta lecture de *Overview*, Rûmî et le Coran, et ta relecture du *Chant de Salomon* de Toni Morrison. Tu as donné comme titre à l'exposition *Tout ce que je dis sur l'amour*, une citation du *Masnavi* de Rûmî. En ce moment, tu peins plus que jamais.

L'exposition ne se tiendra que dans trois mois et tu imagines déjà ta mère déambulant dans la galerie en marmonnant : « Qu'est-ce que ça représente ? », comme quand tu vivais à la maison et qu'elle faisait irruption sans frapper dans ta chambre/atelier. Tu ne lui as jamais offert un de tes tableaux encadrés. Tu t'en es tenue au parfum et aux bijoux.

Tu demandes à ta psy si ce serait mal de ne pas inviter ta mère à l'exposition. Elle répond à ta question par une question. « Voulez-vous sa présence ?

– Si je suis honnête, la réponse est non.

– Alors, ne l'invitez pas. »

Tu restes silencieuse et, au bout d'un moment, elle demande : « Que ressentez-vous quand vous m'entendez prononcer ces mots ?

– J'ai peur.

– De quoi avez-vous peur ?

– De tout. »

Comment fais-tu l'amour à un physicien ? Tu commences à faire des rêves érotiques où il figure, des rêves érotiques très, très détaillés. Pour la première fois de ta vie, tu as soif d'érotisme. Pour la première fois, tu es curieuse du corps d'un homme, de ce que tu ressentirais sur et sous lui.

Mais tu te rappelles alors les rapports sexuels que tu as eus et comment tu devais disparaître en toi-même pour les supporter. Comment tu pensais à ton ventre et à tes cuisses tout du long, voulant être quelqu'un d'autre, t'imaginant qu'il souhaitait la même chose. Comment faire l'amour n'était pour toi qu'un moyen d'être touchée, la fin justifiant les moyens. Comment ce que tu voulais vraiment, c'était qu'on te touche. Mais les hommes en veulent toujours davantage.

Eric, comme tous les hommes, voudrait finalement davantage, plus que tu ne pourrais donner. Et il serait déçu, sans doute dégoûté, que tu lui aies donné de faux espoirs.

Tu fais alors une des choses les plus difficiles de ta vie : tu effaces de nouveau son numéro de ton téléphone, mais cette fois, tu le bloques.

Comment fais-tu l'amour à un physicien? Oublie ton éducation. Laisse tomber la gaine que ta mère t'a dit de porter pour retenir ton ventre, tes fesses, tes cuisses, ta liberté. À Dieu ne plaise, rien ne doit bouger. À Dieu ne plaise que tu sois molle et sans harnachement.

Dors nue.

C'est l'idée de ta psy. Tu es d'abord sceptique et tu résistes. Mais quand elle te demande simplement de l'écouter, car quels sont les risques, tu n'en trouves aucun.

Tu prends de longues douches chaudes en faisant mousser le savon, tu laisses couler l'eau dans ta bouche jusqu'à ce qu'elle déborde. Tu te rinces, sors de la douche, enduis ta peau encore humide d'huile de lavande de la tête aux pieds. C'est l'hiver, tu t'emmitoufles dans les couvertures et tu explores. Avec tes mains, tu étudies les contours et les courbes de ton corps, ta topographie. Tu les étudies comme une réalité, sans juger. Tu te fais plaisir, mais lentement, pour savourer et découvrir. Tous les matins et tous les soirs.

Le week-end, tu fais la grasse matinée, puis tu te réveilles et tu cuisines de bons repas réconfortants à partir de produits simples. Pas de plats préparés, pas de boîtes, pas de fast-food. Omelettes au crabe et au chou frisé, pommes de terre rouges rôties, linguine aux fruits de mer, soupes de butternut au gingembre et au curcuma, choux de Bruxelles caramélisés, salades de rosbif au fromage de chèvre, currys à la noix de coco, bœuf Wellington.

Tu cuisines, tu peins, tu fais la sieste et le soir te caresses pour t'endormir.

À mesure que tu commences à te sentir bien dans ton corps, ton courage grandit. Il dépasse les réprimandes de ta mère sur le parking après la messe la première fois que tu vas à l'église sans harnachement. Elle te demande pourquoi tu ne portes pas de gaine, pourquoi tu ne rentres pas ton ventre comme elle te l'a appris il y a trente ans et comment tu oses entrer dans la maison du Seigneur ainsi. Ta mère, qui se plaint des femmes qui vont à l'église de nos jours en commettant le péché de ne pas cacher les contours de leur slip, te rappelle qu'elle t'a élevée mieux que ça.

Et tu réponds : « J'en ai assez de retenir ma respiration. » Puis tu promets que tu n'iras plus à l'église ainsi. Et tu tiens ta promesse, parce que tu ne retournes pas à l'église.

Comment fais-tu l'amour à un physicien ? Tu lui envoies tes excuses sous la forme d'une des nombreuses esquisses que tu as faites de lui, dans un cadre argenté. Il ne répond pas tout de suite. Et tu l'acceptes ; tu savais que tu prenais un risque en disparaissant comme tu l'as fait. Mais quand il reprend contact, vous restez tous deux silencieux un bon moment au téléphone. Tu finis par dire : « Je devais le faire. Pour moi. Je n'avais pas les mots et je ne suis pas tout à fait sûre de les avoir maintenant.

– J'ai pourtant besoin que tu trouves tes mots, dit-il. Si nous devons continuer, j'ai besoin que tu essaies. Et je te promets que je ne ferai jamais rien qui te pousserait à regretter d'avoir essayé. »

Tu tentes de te rappeler la dernière fois qu'un homme t'a fait une promesse. Tu décides que ça n'a finalement pas d'importance. Cet homme t'en fait une maintenant. C'est ce qui compte.

Comment fais-tu l'amour à un physicien ? Le 13 mars, le soir avant son arrivée, tu te couches tard, tu passes des vidéos de hip-hop old school et de rhythm and blues, tu insultes celui qui va se faire battre à plate couture à ton battle de danse, tu cherches sur Google votre compatibilité astrologique – tu es Vierge, il est Verseau –, tu ris, la tête te tourne.

Arrive le Jour de pi et tu te douches pendant qu'il est en route vers l'aéroport. Une fois qu'il est dans l'avion, son vol de six heures (y compris l'escale) te semble durer une éternité. Son trajet à pied de l'avion à ta voiture garée au bord du trottoir prend le temps d'un pèlerinage. Tu l'imagines qui embrasse le mur occidental du Sbarro, qui pleure devant le Cinnabon, qui laisse une offrande au pied de l'Auntie Anne[4].

Il met sa valise dans ton coffre et le ferme, puis il se tourne vers toi et dit : « Enfin. » Et tu répètes : « Enfin. » Il t'attire dans ses bras et t'embrasse. Ses lèvres sont aussi douces que tu le pensais.

Chez toi, tu prépares des omelettes et des frites, qu'il dévore. Il a un magnifique appétit. Puis, bien qu'épuisés et en manque de sommeil tous les deux, vous sentez monter l'adrénaline et tu gagnes haut la main le battle de danse. Cet homme danse comme un manche, malgré tout ce qu'il raconte.

« Qu'est-ce que j'ai gagné ? » demandes-tu.

Eric te renverse sur le canapé et t'embrasse de nouveau. « Oh, alors nous avons gagné tous les deux. Tiens, voici un prix de participation », dis-tu. Vous vous embrassez encore et tu penses : *Mon Dieu, je ne veux pas qu'il arrête.*

Vous commencez tous deux à vous assoupir. À un moment, tu te réveilles, la tête sur ses genoux et l'esprit en roue libre. Tu penses à ton exposition qui démarre demain. Tu t'imagines le regarder de l'autre côté de la salle tandis qu'il contemple ton travail, tu te vois le présenter à tes amies, à tes collègues, à tes élèves. Et à ta mère. Tu te dis que, même s'il n'y avait qu'aujourd'hui et demain, ce serait bien. Mais tu entends alors

4. Sbarro, Cinnabon, Auntie Anne : chaînes de restaurants.

la voix de ta psy qui te demande comment tu te *sens* à l'instant, pas ce que tu penses. Et tu as tout d'abord du mal à trouver les mots avant de choisir *bien, pleine d'espoir, joyeuse, comblée.*

Eric caresse tes sourcils froncés jusqu'à ce que ton visage se détende. Tu déclares : « Rûmî disait : "Les amoureux ne se rencontrent finalement pas à un endroit. Ils sont dans la peau l'un de l'autre depuis toujours." Tu crois que c'est vrai ?

– Je ne sais pas, répond-il avant de bâiller. Ça ressemble au point de vue d'un mystique sur le destin et je ne crois pas au destin. »

Tu te dégonfles un peu. Tu veux qu'il soit celui que tu attendais et tu veux qu'il ressente aussi le caractère inéluctable de votre rencontre. Tu veux être ce qui lui manquait, pas une option. Tu veux les promesses d'une nouvelle religion.

Tu te reproches d'avoir été trop loin – d'avoir régressé si vite sur le terrain des paroles de chansons des années quatre-vingt.

Mais il reprend : « Le trou noir super-massif au centre de la Voie lactée s'est récemment montré soixante-quinze fois plus brillant pendant deux heures, et deux fois plus brillant que ne l'ont jamais observé les astronautes en vingt ans. »

Tu as pris l'habitude de l'entendre parler de science, mais tu ne sais pas trop ce qu'il entend par là.

« Une théorie consiste à penser que cet événement a été causé par une étoile environ quinze fois plus grosse que le Soleil, qui s'est approchée du trou noir en perturbant des gaz, en chauffant les éléments, en augmentant la radiation infrarouge venant du bord. Mais écoute ça : on a observé cette étoile qui s'approchait du trou noir environ un an avant de voir ses effets sur le trou noir.

– Ça montre l'immensité de l'univers, l'ampleur de la distance, dis-tu.

– Exactement. Des distances, au pluriel. La distance entre l'étoile et le bord du trou noir et la distance entre le trou noir et la Terre. Bon… Je dis tout cela pour expliquer que parfois les roues sont mises en branle bien avant que l'étincelle apparaisse. Est-ce la même chose que le destin ? Je ne sais pas, mais ce que je sais, c'est que les événements rares, merveilleux, prennent du temps. »

Il soupire. « C'est pourquoi je n'ai pas flanché quand tu ne répondais pas à mes messages au début. J'ai pensé que, si tu avais voulu que je te laisse tranquille, tu l'aurais dit. Mais tu ne l'as pas fait. Bon, c'est vrai, j'ai un peu flanché quand tu m'as bloqué, mais – il hausse les épaules et t'attire tout contre lui – je me suis dit que tu avais tes raisons. »

Comment fais-tu l'amour à un physicien ? Quand il déboutonne ton chemisier et demande : « Allons-nous être de ces gens qui restent assis à parler de Rûmî et des trous noirs ou allons-nous nous déshabiller ? » tu réponds : « Les deux. »

Tu te lèves et ôtes ta jupe et ton slip. « Rûmî a écrit sur l'amour de Dieu intuitif et il était musulman. Mais certains préfèrent ne pas tenir compte de l'islam dans son œuvre. »

Il caresse tes cuisses, tes seins, ton ventre sans gaine.

Comment fais-tu l'amour à un physicien ? De tout ton être, tremblante, avide, sans peur.

Jael

Je crois que la femme du pasteur était une freak avant d'entrer dans l'église. Elle a la peau vraiment foncée et de longs cheveux épais qu'elle coiffe en chignon sous un chapeau d'église noir, du genre large avec des plumes. Parfois le chapeau est bleu foncé, ou blanc à Pâques. Mais je parie que quand elle avait 14 ans comme moi, elle avait une coiffure afro et des pantalons pattes d'ef moulants, comme Thelma dans Good Times. C'est quelque chose dans la façon qu'ont ses yeux d'étinceler et de danser au lieu d'essayer d'avoir l'air bien pieux. Comme si elle se rappelait un truc marrant d'il y a longtemps. Et son demi-sourire. Genre ses secrets sont des secrets. Et elle a des grosses lèvres suceuses de bite. Twan dit que j'ai les mêmes. Qu'il aille se faire foutre. Bref. Tout le monde appelle la femme du pasteur « Sister Sadie ». Dans ma tête, je l'appelle « Sweet Sadie », comme dans la chanson que la maman de Kachelle passait tout le temps quand on était petites. Mais il y a rien de doux chez cette femme. Elle s'habille comme il faut avec des vêtements boutonnés jusqu'au cou quand elle est debout avec le révérend vieux comme mes robes pour recueillir les offrandes. Sweet Sadie est pas vieille vieille. Son mari a sans doute 105 ans. Elle sans doute 40. Son corps me rappelle les pochettes des albums que l'oncle de Kachelle a dans sa chambre. Ohio Players, Lakeside, The Gap Band, Parliament-Funkadelic. Y a toutes ces femmes, des vraies, des de cartoons, avec des gros nénés, des grosses fesses et des lèvres suceuses de bite. Sweet Sadie essaie de cacher tout ça sous ses vêtements d'église. Mais je parie qu'avant de connaître le Vieux Révérend elle portait des shorts qui lui sciaient la foufoune. Peut-être qu'elle embobine les gens à l'église, mais pas moi. Je sais qu'elle a un beau corps sous ses foutus vêtements. J'aimerais bien le voir.

***

Ma maman disait : « Attention quand tu cherches quelque chose. Tu risques de le trouver. » Mais je ne cherchais rien quand je suis entrée dans la chambre de mon arrière-petite-fille il n'y a pas si longtemps pour changer les draps et retourner son matelas. Vraiment rien. Je voulais juste aérer sa chambre et tout ça et je retourne toujours les matelas deux fois par an quand on change l'heure des pendules et les piles dans les détecteurs de fumée, comme on dit qu'il faut faire. Donc, j'ai retourné le matelas et j'ai trouvé son journal. Au début ça allait à peu près. Ceux qu'elle n'aimait pas à l'école et ceux qui ne l'aimaient pas. Les professeurs qui étaient méchants et ceux à qui elle faisait du charme. J'approuvais pas trop sa façon de parler. Mais c'était rien comparé à ce que j'ai vu à peu près au milieu. Des choses contre nature. Des choses qui m'ont brisé le cœur. Dieu est pas chez cette gosse, même si je l'ai élevée dans le droit chemin avec l'espoir qu'elle s'en éloignerait pas en grandissant. Mais on dirait bien d'après ce journal qu'elle l'a quitté depuis longtemps.

***

Kachelle lui a dit qu'on avait 16 ans. C'est un plus gros mensonge pour moi que pour elle. Elle a eu 15 ans la semaine dernière. Moi, je dois encore attendre 6 mois. Mais il se fiche sans doute de savoir quel âge on a en vrai. Y paraît qu'y veut qu'on vienne chez lui manger du crabe bouilli dans son jardin. Juste nous 3. Kachelle a dit que ça lui faisait un peu peur. Parce qu'il a 35 ans. Mais elle va y aller parce qu'il est mignon. Elle dit qu'y ressemble à Morris Day de Time et elle est amoureuse de lui depuis « Purple Rain ». Elle m'a traînée au ciné quatre fois depuis que c'est sorti. J'aime bien Prince, mais Kachelle est AMOUREUSE de lui et aussi de Morris Day. Elle dit que les renois à la peau claire l'excitent. Moi, je m'en fous. Les renois c'est des renois. Peau claire, peau foncée. Quinze, vingt-cinq, trente-cinq ans. Tous pareils et pas un pour sauver l'autre. Mais Kachelle, c'est le genre qui doit apprendre à la dure. Ça l'excite ce renoi et le crabe bouilli. Et il dit qu'y va nous emmener à la plage, et ça aussi ça l'excite, même si elle sait très bien que j'aime pas la plage. Je veux juste voir l'intérieur de sa grande maison. Voir ce qu'y a dedans.

J'aimerais bien aller dans la maison de Sweet Sadie… quand le Vieux Rév y est pas, bien sûr.

***

Je sais pas comment parler à cette enfant. Les gosses d'aujourd'hui… y sont pas comme on était nous. Qu'est-ce que je peux lui dire sans qu'elle fasse la grimace tellement qu'elle ressemble plus à rien ? Dès que j'ouvre la bouche elle explose. Je lui demande de ramasser derrière elle, de poser au moins sa vaisselle dans l'évier, de faire son lit, de mettre ses vêtements sales dans le panier. Et elle se fâche. Elle ressemble plus à rien quand je lui dis quelque chose. Elle lève les yeux au ciel ou fait comme si elle m'entendait pas la moitié du temps.

Je connais qu'une façon de me battre pour le salut de cette petite, c'est de m'en remettre au Seigneur. Je prie pour elle. Ça oui.

C'est de pire en pire chaque fois qu'elle écrit dans son journal. Si seulement j'avais les mots. Je prie Dieu de toucher ma bouche pour que je lui parle et de toucher ses oreilles, son cœur, son esprit pour qu'elle entende.

Parce que Dieu sait que je veux pas d'une abomination sous mon toit.

Non, les gosses d'aujourd'hui sont pas comme on était. On respectait nos parents. On était pas insolents et on répondait pas. On faisait ce qu'on nous disait de faire, et pas besoin qu'on nous le dise deux fois. Jamais de : « Une minute… » Pas besoin de nous le répéter. Et si ça arrivait, on se prenait une gifle de maman parce qu'on avait pas obéi.

Mais je frappe plus cette gamine. Je peux compter sur les doigts d'une main les fois où je l'ai rossée en quatorze ans de son existence sur terre et chez moi, et j'ai fait attention que personne d'autre la frappe non plus. Y a eu assez de bagarres entre sa maman et son vaurien de papa quand elle était juste un petit boutchou et c'est à cause de ça qu'elle est venue vivre avec moi. Donc je voulais pas la taper si je pouvais faire autrement, mais elle a cette façon d'être… Par exemple elle répond pas à ce qui lui plaît pas. Elle a même pas répondu comme je voulais le jour où j'ai rassemblé des baguettes et que j'ai cinglé ses jambes toutes maigres et claires quand elle était petite. Comme si elle sentait rien. Elle a pas versé une larme. Un jour, quand elle avait six ans, je lui ai frappé les jambes avec les baguettes et elle m'a regardée… un regard qui m'a glacé les sangs et m'a renvoyée direct à ma Bible. « Voici, je vous ai donné le pouvoir de marcher sur les serpents et les scorpions, et sur toute la puissance de l'ennemi ; et rien ne pourra vous nuire. » Luc 10:19[5].

Et je m'en tiens à ma Bible, je reste à genoux et je prie pour cette enfant. Je remercie le Seigneur qu'elle ait pas le feu au derrière comme sa petite copine qui court après les hommes mûrs. Mais elle est quand même pas comme il faut quand elle est assise à côté de moi à la messe tous les dimanches après le catéchisme et le mercredi soir à l'étude de la Bible. Toutes les semaines. Elle est assise là et elle dit pas un mot. Et en la regardant, on se rend compte de rien. Elle a l'air toute douce. On la croit juste silencieuse. Mais dans son cœur, sa tête, son esprit… C'est pas Dieu qu'est là. Ça se bagarre à l'intérieur. Je m'en tiens à ma Bible, je reste à genoux comme un soldat de la prière pour l'âme de cette enfant. « Car nous n'avons pas à lutter contre la chair et le sang, mais contre les dominations, contre les autorités, contre les princes de ce monde de ténèbres, contre les esprits méchants dans les lieux célestes. » Éphésiens 6:12.

***

Sweet Sadie m'a parlé à l'église aujourd'hui ! Elle m'a demandé comment j'allais et comment Granny allait. Je lui ai répondu qu'on allait bien, et ça me faisait rien qu'elle ait l'air qu'on prend quand on parle à La Fille Aux Parents Morts. La pitié. Je déteste cette merde. Mais c'était pas si terrible chez Sweet Sadie. J'ai l'impression qu'elle s'intéresse pour de vrai.

***

5. Toutes les citations de la Bible sont extraites de la traduction de Louis Segond.

Y a une bonne chose que je peux dire sur elle : elle laisse aucun garçon l'embêter, autant que je sache. Ils viennent pas rôder par ici comme ils faisaient avec sa mère et la mère de sa mère, ma fille, paix à leur âme. Et l'autre jour quand j'étais à la boutique pour acheter de l'aspirine j'ai entendu deux gars dans la queue à la caisse qui parlaient d'elle. Ils m'ont pas vue ou ils savaient pas que j'étais son arrière-grand-mère. Et l'un des gars a dit à l'autre : « Un pote m'a dit qu'une fille avait botté le cul de ce mec, Jay. »

Et l'autre a répondu : « Non, mon pote. C'était Twan, le petit frangin de Jay. Et ça s'est pas passé comme ça, mais ça a été un vrai bordel. C'est Jael, mec. La *redbone* ? La petite bâtarde qui habite du côté de Perkins ? Elle est cinglée, cette meuf. Twan a dit que depuis l'école primaire elle se bat avec les mecs qui essaient de lui mettre la main au cul. Elle se frite avec les mecs du quartier depuis des années. Alors il pense qu'elle doit aimer les filles, tu vois ?

– Genre ? Gouine ? dit l'autre.

– Ouais, mon pote ! » Et il a baissé la voix, mais je l'entendais quand même. « Tu sais, je l'ai sifflée une ou deux fois dans le coin. Parce qu'elle est mignonne. »

Ces types devaient avoir trente, trente-cinq ans. Dégoûtant.

« On était devant la boutique ce jour-là, Jay, Twan et moi, et la voilà qui arrive sur le trottoir avec sa copine. Twan se dit qu'elle va pas lui botter le cul avec nous à côté, tu vois ?

– Ouais, ouais…

– Twan l'appelle et elle fait comme si elle l'entendait pas. Elle continue à marcher. Alors il la traite de gouine, lui court après et lui met la main au cul. Putain, elle se retourne, une bouteille à la main, elle casse la bouteille contre le mur et la lui met sous la gorge !

– Les *redbones*, y sont cinglés. » C'est ce qu'a dit l'autre.

Alors le premier type a répondu : « J'ai même pas vu la bouteille ! Elle est sortie de nulle part ! Elle l'a pas planté, mais seulement parce que sa copine – celle avec des gros nichons ? Lachelle ? Kachelle ! –, elle s'est mise à crier : "Y vaut pas la peine ! Y vaut pas la peine !" Mais putain, mec, elle allait le faire. Elle est cinglée, Jael. »

C'est bien, ma fille. Laisse-les croire que t'es cinglée. Laisse-les penser que t'aimes pas les garçons, même si c'est contre nature aux yeux de Dieu. Au moins, comme ça, ils te laissent tranquille.

Mais peut-être qu'elle est vraiment cinglée.

On dit que la mauvaise graine saute une génération. Ma fille Timna était comme Jael. Elle faisait comme si elle te voyait pas. Sa meilleure amie, une gentille fille, jolie en plus, qui s'appelait Gloria Mae, a été tuée par un train et Timna a pas versé une larme. Pas une. Elles traînaient toutes les deux sur les voies – je leur avais pourtant dit mille fois de pas rester là – et la pauvre Gloria Mae s'est pas écartée à temps. Seize ans… Seigneur, paix à son âme. Et on pourrait croire que Timna aurait été triste d'avoir perdu une amie, de la voir mourir comme ça. Mais non. Ça l'a pas impressionnée. Elle a continué à vivre pendant des années toute renfermée sur elle-même et un jour le Seigneur l'a rappelée à Lui. Elle rentrait de son travail chez Woolworth sous la pluie et elle a été foudroyée, à vingt-quatre ans. Je lui avais dit mille fois de pas sortir sous l'orage, de prendre un taxi clandestin et que je le paierais, mais elle avait la tête dure. Et dix ans après sa mort, Jael arrive et c'est la même.

Et Keturah, la mère de Jael, cette petite n'était pas faite pour ce monde. Je l'ai élevée depuis ses six ans, quand Timna est morte. J'ai fait de mon mieux. Mais finalement, elle a laissé ce type, le père de Jael, la tabasser jusqu'à ce que mort s'ensuive. C'était même pas son mari, juste un moins que rien.

Mais voilà qu'arrive ce gros bébé à la peau claire, aux beaux cheveux bouclés. Aux yeux brillants comme des boutons. Mais comme ma Timna, elle faisait celle qui me voyait pas. Et comme à ma Timna, je lui donne tout ce que j'ai. Je lui ai épargné la mauvaiseté de son papa et ce qui est arrivé à sa maman. Je suis la seule mère qu'elle connaisse. Et elle a manqué de rien.

Avec Keturah et Jael, j'ai essayé de faire ce que ma mère faisait pour nous. Essayé de leur apprendre des choses, par exemple comment bien faire cuire le riz, comment glacer un gâteau sans l'abîmer, comment laver et plier le linge, comment faire un lit, comment être propre sur soi. Keturah a tout appris, elle aimait cuisiner, faire frire du poulet et m'aider à la cuisine. Elle riait facilement et n'était jamais insolente. C'était une fille bien. Mais ce type est arrivé et me l'a emmenée.

Jael est différente. Elle cuisine, fait le ménage et ce que je lui demande, dans l'ensemble. Mais y a pas de joie dans ses yeux brillants, même quand elle était petite. On dirait que son corps est à un endroit, mais que son esprit est complètement ailleurs. Ça a toujours été comme ça. Des fois, elle vient dans ma chambre et regarde mes séries avec moi. Elle aime bien *Les feux de l'amour*. Et des fois, le vendredi soir, elle regarde la télé avec moi. *Dallas* et *Falcon Crest*. Mais tous les autres soirs ? Je dois l'obliger à s'asseoir et à manger avec moi. Elle vit dans son monde et j'en suis exclue.

Bon, au moins elle cause pas aux garçons. Pas comme Kachelle, sa petite copine allumeuse. Jael, il l'impressionne pas, le gars à la peau claire, celui qu'elle appelle « Morris Day » et qui vient fouiner autour des petites. Je connais le genre. Seigneur Jésus, je le connais trop bien. Avec ceux-là, ça va toujours plus loin. Ils te font croire que tu es la reine de Saba, comme si t'étais unique. Tu leur dis arrête, ils font comme si t'avais dit continue.

Ma vieille voisine Miss Maybelle nous criait de sa véranda : « Vous laissez pas avoir par les garçons. » On se disait que c'était une vieille cinglée qu'essayait de nous empêcher de nous amuser, vous voyez. Mais elle savait. Elle savait. Et on écoutait pas. Des fois je me demande comment serait la vie si je l'avais écoutée. Y aurait sans doute pas eu de Timna, de Keturah, de Jael. Je serais seule au monde. Et je ferais quoi ? J'en sais rien. Quelque chose.

Enfin. Jael m'a rien dit sur Twan ni sur le crabe bouilli que doit faire le fameux Morris Day. Mais elle me dit jamais rien. Elle en fait qu'à sa tête.

***

Est-ce qu'on peut tailler des pipes et être quand même sauvée ? Je me demande. Je m'en fiche des bites et d'être sauvée. Tracy, la fille d'à côté, taille tout le temps des pipes. Mais elle ferait n'importe quoi, alors on peut pas s'y fier. L'oncle de Kachelle a eu une copine blanche et Kachelle la voyait le faire derrière la maison quand ils croyaient que tout le monde dormait. Kachelle dit que c'est mal de tailler des pipes et qu'elle ne le fera jamais. Kachelle parle tout le temps de ce qu'elle fera jamais. Je lui ai demandé si elle aimait les filles. Peut-être elle veut faire des trucs avec des filles. Elle s'est foutue en colère en disant que c'était pas drôle. J'ai répondu que j'essayais pas d'être drôle. Et que si elle aimait les filles, je m'en fichais. Mais elle voulait pas écouter. Elle a secoué la tête et s'est mise à crier qu'elle était une fille bien. Kachelle est une grosse pleurnicheuse. Si j'étais pas là, elle se ferait embêter bien plus. Enfin. Aujourd'hui à l'église, le Vieux Rév a raconté qu'il fallait être sauvé et renoncer aux plaisirs coupables de la chair si on voulait aller au ciel. Apparemment, ceux qui sont sauvés n'aiment que parler d'être sauvés, se plaindre des péchés et aller à l'église. Et on s'ennuie tellement à l'église, alors je regarde Sweet Sadie et je pense à son corps sexy et à son passé secret.

***

Il faut que le Seigneur me fasse un signe. Je veux obéir à Sa volonté. Mais qu'est-ce qui est pire ? Jael qui va pas à l'église, ou qui y va à reculons ? C'était le sujet de l'étude de la Bible cette semaine : « Comme ils ne se sont pas souciés de connaître Dieu, Dieu les a livrés à leur sens réprouvé, pour commettre des choses indignes, étant remplis de toute espèce d'injustice, de méchanceté, de cupidité, de malice ; pleins d'envie, de meurtre, de querelle, de ruse, de malignité ; rapporteurs, médisants, impies, arrogants, hautains, fanfarons, ingénieux au mal, rebelles à leurs parents, dépourvus d'intelligence, de loyauté, d'affection naturelle, de miséricorde. Et bien qu'ils connaissent le jugement de Dieu, déclarant dignes de mort ceux qui commettent de telles choses, non seulement ils les font, mais ils approuvent ceux qui les font. » Romains 1:28-32.

C'est exactement Jael. Toute de discussion, de tromperie, de malice. Et désobéissante ! À un moment, si on s'obstine dans le péché, Dieu vous livre à votre esprit dépravé. Le diacre Sharpe a expliqué ce verset mercredi soir et j'ai regardé Jael du coin de l'œil. D'abord elle avait le regard vide, mais après elle a un peu souri. Pendant une seconde, j'ai cru que Jésus avait entendu mon appel et avait fait un miracle dans son cœur. Mais après j'ai suivi son regard. Elle souriait à Sister Sadie ! Et c'était exactement comme disent les Écritures : *méchanceté, sans affection naturelle*. Je le voyais bien ! Mais je pense que personne d'autre le voyait. Ça devait leur sembler un sourire innocent, parce qu'ils savent pas ce que je sais, les choses innommables qu'elle a écrites sur Sister Sadie dans son journal.

Sister Sadie a levé la tête à ce moment-là et a souri à Jael. Pas que j'en veuille à Sister Sadie d'être polie et gentille envers une orpheline. Jésus a dit de nourrir les orphelins et les veuves. Mais je sais que mon Sauveur approuverait pas les pensées de cette orpheline-là.

Bon. J'ai pris ma décision. Je la réveillerai pas pour aller à l'église dimanche matin et pas non plus mercredi soir pour l'étude de la Bible. Elle ne montrera pas sa méchanceté dans l'église baptiste Greater Holiness. Pas tant que je serai sur terre.

J'espère que le Seigneur comprendra pourquoi je ne la laisse plus entrer dans Sa maison.

***

Je n'aime pas Morris Day. En fait, son vrai nom, c'est Jamie, un nom de fille. Mais je ne sais pas quel nom est plus affreux parce que « Morris Day » me fait penser à Morris le vilain chat de la pub. Et, j'y pense, il ressemble à un matou roux tigré. Yeux gris de chat, moustache. Il y a des garçons dans ma classe qui ont une moustache plus épaisse. Il est même pas aussi mignon que le vrai Morris Day. Et il fume des cigarettes, alors son haleine pue. Et en plus, sa maison a rien d'extraordinaire. Elle a un étage, mais les pièces sont minuscules. Il y en a une qu'il appelle la pièce de Floride. Pour moi, c'est juste un salon. Et les pièces sont bourrées de tout un tas de merdes de sa mère qui est morte. Elle avait très mauvais goût et elle aimait faire des chats en céramique. J'ai compté 50 putains de chats avant d'abandonner. Les crabes étaient bons quand même. Bien pimentés et salés, avec beaucoup à manger, comme je les aime. Granny fait des crabes de merde. Pleins d'eau et sans goût. Ils ne valent pas la peine qu'on se donne pour arriver à la chair filandreuse. Elle achète les plus petits.

Morris Day/Jamie a acheté les gros crabes qui coûtent 8 $ la douzaine. Quand il les a lâchés dans la casserole, Kachelle s'est cachée dans mon dos, genre elle avait peur. Il a pris un des crabes avec une pince et a fait comme s'il allait le lui mettre dessus. Elle s'est mise à hurler et a filé dans l'escalier. Morris/Jamie lui a couru après en tenant toujours le crabe. Au bout d'une minute, je croyais que Kachelle allait redescendre, mais non. Alors je suis montée. Le crabe était en haut des marches et avançait vers moi. Je lui ai donné un coup de pied et il a dévalé l'escalier. J'ai entendu un craquement quand il a atterri. En me retournant, j'ai vu Kachelle sortir d'une des chambres avec un sourire idiot. Morris/Jamie était derrière elle. Il tenait toujours sa pince débile et transpirait comme un accro au crack. Et tout le temps où on a mangé les crabes dans le jardin, il transpirait. Collant et dégoûtant. Et il arrêtait pas de faire des blagues même pas drôles. Mais Kachelle riait bien fort comme s'il était Eddie Murphy.

Après, en rentrant chez nous, j'attendais qu'elle me raconte, mais non. Alors j'ai dit : il transpire comme un porc et il est même pas mignon. Et sa maison est pleine de cochonneries. Kachelle a levé les yeux au ciel et a dit que je n'aimais personne et qu'elle me parlerait plus tard. C'était il y a quatre jours. Je l'ai appelée deux fois et Miss Debra a répondu qu'elle n'était pas là. Et elle ne m'a toujours pas rappelée.

J'ai fait un détour en rentrant du magasin hier, j'ai traversé le terrain derrière le lycée et je suis passée devant la maison de Jamie. Il lavait sa Cadillac dans l'allée. En fait c'est la Cadillac de sa mère qui est morte. Une cigarette pendait à ses lèvres comme si elle allait tomber d'une seconde à l'autre. Et, pour pas changer, il transpirait comme un porc, même s'il portait juste un maillot de corps sans manches. Ses bras étaient mous et pâles. Aucun muscle en vue. Une mauviette. J'ai fait comme si je le voyais pas, mais il m'a crié, Salut, Mignonne. Je l'ai ignoré et j'ai continué à marcher. Alors il a dit, Tu as raté ta copine. Elle vient de partir. Il a continué à parler et moi j'ai continué à marcher.

Merde à Kachelle et son mauvais goût pour les hommes.

***

Jamais de toute ma vie j'ai vu une gamine aussi ingrate. Elle a pas connu la faim un seul jour de sa vie, pas chez moi. Je parie qu'elle serait pas aussi grande et forte si elle avait été placée, ce qui lui serait arrivé si je l'avais pas prise chez moi par bonté d'âme. J'ai élevé ma fille et je lui ai survécu. Ma petite-fille aussi. Je crois que j'ai mérité le repos sur terre et ma couronne au ciel. Mais où serait-elle allée sinon ? Je fais ce que je peux pour joindre les deux bouts et cette petite peste dit que je fais des crabes de merde ?

Bon. Quand elle ramènera ses fesses ici après avoir traîné je ne sais où cet après-midi, j'aurai quelque chose pour elle. Il est temps qu'elle trouve du travail.

***

Moi et Kachelle, on est allées à la plage avec Jamie. Kachelle l'appelait parrain et elle avait un nouveau maillot de bain jaune qu'il lui avait acheté. Il la levait très haut et elle criait et riait quand il la lançait dans les vagues. Kachelle n'est pas une demi-portion. Donc je pense qu'il est plus costaud que le laissent croire ses bras de mauviette. Ensuite ils en ont eu marre de ce jeu. Kachelle a grimpé sur les épaules de Jamie et il a avancé dans l'océan. Je ne voyais pas, mais j'imaginais ses mains tenant les cuisses de Kachelle. De temps en temps, son corps était secoué. De rire, sans doute. Ils sont allés si loin que je ne l'entendais plus.

Il faisait chaud, mais j'étais pas trop mal sous le parasol que Jamie avait loué. J'étais assise sur une couverture avec un numéro de People que j'avais trouvé quand on s'était arrêtés au 7-11 pour acheter du soda, des glaces, des graines de tournesol et des chips. J'avais prévenu Kachelle que je n'irais pas dans l'eau parce que je n'avais pas de maillot. Elle a dit, Tu peux y aller en short. Ça séchera. J'ai levé les yeux au ciel. Elle est tellement bête. Mais Jamie hochait la tête à côté d'elle comme si elle était la fille la plus intelligente du monde.

En passant sur la promenade du bord de mer, on a vu une boutique qui vendait des trucs de plage. Kachelle a pris des lunettes de soleil blanches, des tongs jaunes et une immense serviette avec des poissons colorés. Elle a tout tendu à Jamie qui a payé. Il y avait aussi des maillots, juste à côté de la caisse. Jamie m'a pas proposé de m'en payer un. De toute façon je ne l'aurais pas accepté.

À un moment l'eau est montée jusqu'au cou de Jamie, parce que je ne voyais plus que Kachelle. Comme si elle était assise sur les vagues. Ensuite elle est tombée à la renverse des épaules de Jamie et les vagues les ont recouverts tous les deux. Quand j'ai revu leur tête, ils se faisaient face et Kachelle avait passé les bras autour des épaules de Jamie. Comment faisait-elle pour supporter de si près son haleine de fumeur ? BEURK. Je ne voyais pas à cause de l'eau, mais je parie qu'elle avait les jambes enroulées dans le dos de Jamie. C'est là qu'ils m'ont regardée tous les deux. J'ai levé le People pour cacher mon visage.

Qu'ils aillent se faire voir.

Je me suis mise à rêvasser sur Sweet Sadie. Je parie qu'elle venait souvent à la plage avant de devenir femme de pasteur. Je l'imagine descendant vers la mer à l'arrière d'une grosse moto. Elle porte un bikini blanc qui va très bien à sa peau brune, si brune. Et le gars, je le vois en vêtements foncés avec une veste en jean sans manches qui fait ressortir ses muscles. Mais quand ils arrivent près de moi, Sadie lui demande de s'arrêter et de la laisser descendre de la moto. Elle s'approche de moi sur le sable et me tend les mains. J'essaie de ne pas regarder ses nichons qui dépassent de son bikini, mais elle s'en rend compte et rit. Elle me tire pour que je me lève de la couverture et me serre dans ses bras. Elle sent la vanille et la rose. Elle me tient toujours dans ses bras et on se met à marcher, à marcher, à marcher jusqu'à la mer.

Et là je sens l'eau sur mes pieds et je recule.

Je retourne en courant à la couverture que j'ai prise à la maison. Sweet Sadie s'assoit à côté de moi et demande, Qu'est-ce qui va pas ? Et je lui parle de l'eau. Je lui raconte que je fais couler l'eau de la douche et du bain où je n'entre jamais pour que Granny croie que je suis dedans. Je fais seulement ce que Granny appelle une toilette de chat, au lavabo. Je me lave des pieds à la tête comme ça. Il faut simplement beaucoup se frotter et se rincer. Et je lui parle du jour où ma maman est morte et comment j'ai tout vu sous l'eau. On était tous sous l'eau. Ma maman, mon papa et moi. On était dans notre maison, dans la chambre et moi dans mon berceau. Sous l'eau. Sweet Sadie demande, Tu n'étais qu'un bébé. Comment tu peux t'en souvenir aussi bien ? Je réponds que je ne sais pas. C'est comme ça. Et j'ai vu ce qu'il a fait. Et j'ai essayé de crier mais l'eau m'a rempli la bouche et tout est devenu noir. Granny m'a menti. Elle a dit qu'ils étaient morts dans un accident de voiture. Mais un jour, quand j'avais 8 ans, j'ai entendu Tata Vashti raconter à Granny que quelqu'un lui avait tranché la gorge en prison et l'avait laissé saigner comme le porc qu'il était. Tata a poussé un soupir vraiment triste en disant qu'il avait franchement eu l'air d'un gentil garçon. Granny a déclaré qu'elle avait su dès le début qu'il était mauvais, mais ma maman ne le savait pas parce qu'elle était dingue de lui…

Je me souviens de son visage ce jour-là chez nous. Crispé et méchant. On était sous l'eau ce jour-là, mais je m'en souviens.

Sweet Sadie me frotte le bras et m'appelle Petite Fille. Petite Fille, dit-elle, tu n'étais pas sous l'eau. C'étaient tes larmes.

J'ai levé la tête de mon magazine et la rêverie s'est arrêtée. Jamie revenait vers la plage, Kachelle sur son dos. Quand ils sont arrivés près de moi et du parasol, la tête de Kachelle était encore sur son épaule comme si elle ne voulait jamais s'en aller.

En rentrant, Kachelle s'est assise sur la banquette arrière avec moi. Je lui en voulais toujours de s'être assise devant à l'aller. Jamie a allumé une autre fichue cigarette et j'ai ouvert la vitre pour sentir le vent sur mon visage. Alors j'ai entendu Kachelle m'appeler tout bas. QUOI ? j'ai demandé, bien fort. Elle a continué à chuchoter. Elle m'a demandé de me rappeler ce qu'elle m'avait dit quand elle m'a réveillée en appelant de chez Jamie tôt ce matin. Que si sa mère posait des questions, on avait pris le bus pour la plage à 8 h 00.

En vrai, elle ne m'a rappelée qu'à 1 h 00 pour me demander de venir à la plage avec eux.

Je lui ai tourné le dos et j'ai fait semblant de dormir.

***

Il est temps de jeter la vieille carpette de mon salon. Ça fait un moment que je veux m'en débarrasser. Je me suis tellement énervée à discuter avec Jael pour qu'elle cherche du travail que j'ai dû me prendre les pieds dans le tapis. Oui, ça doit être ça. J'ai dû perdre l'équilibre. J'étais énervée et puis je me suis sentie tomber et ensuite je me suis retrouvée à quatre pattes. J'ai dû me prendre les pieds dans ce vieux tapis. Ou peut-être que j'ai eu un *vertige*, je crois que ça s'appelle comme ça. Mon amie Alma en a de temps en temps. Ça doit être ça.

J'étais là, par terre, et Jael me regardait. Elle a pas proposé de m'aider à me relever ni rien ! Et je peux même pas répéter ce qu'elle m'a répondu quand je lui ai dit de se mettre à chercher du travail.

J'ai rampé jusqu'au canapé et je me suis levée à grand-peine. Et cette gosse qui se tenait là et me regardait me démener.

Depuis, elle reste terrée dans sa chambre. Elle en est sortie de temps en temps pour prendre de quoi manger et se débarbouiller, mais c'est tout.

Oui, je lui ai menti sur sa maman et son papa. Mais Dieu sait que j'essayais juste de la protéger de la mauvaiseté. Il connaît mon cœur.

Peut-être je pourrais essayer de lui en parler, maintenant qu'elle est plus grande. Mais elle veut pas sortir de la chambre. Elle a même pas voulu répondre au téléphone quand cette Kachelle l'a appelée. Elle a pas arrêté d'appeler et finalement elle est venue. Jael a même pas voulu lui parler à travers la porte de sa chambre. La Kachelle est venue ici et m'a parlé tout miel. On lui aurait donné le bon Dieu sans confession. *Granny D ceci, Granny D cela.* J'ai commencé à lui dire, « Si j'étais ta granny, tu serais pas dévergondée comme ça ». Mais j'ai demandé à Jésus de retenir ma langue et Il a répondu.

***

Kachelle a juré sur la Bible de Miss Debra que tout le temps qu'elle était seule dans la maison de Jamie avant qu'on aille à la plage, elle l'avait juste laissé l'embrasser. J'ai dit, Oui, t'embrasser OÙ ? Et elle s'est mise en colère. Je n'ai plus voulu lui parler pendant longtemps après le jour à la plage. Je n'arrivais pas à me débarrasser de l'impression qu'elle me mentait. Et j'en ai marre qu'on me mente. Mais je crois que Kachelle et moi, on est de nouveau amies. Je me fais du souci pour elle plus que je suis fâchée contre elle. Mais quand elle fait des trucs qui m'inquiètent, ça me rend dingue ! Être amie avec une fille incapable de faire attention à elle, c'est beaucoup de travail et je suis fatiguée. Mais Kachelle dit, Je peux bien faire attention à moi ! Mais c'est faux. Je sais que c'est faux. Elle n'est pas faite comme ça.

Alors j'ai fini par dire oui quand elle m'a demandé pour la cinquantième fois de dormir chez elle. Elle a appelé Jamie deux fois quand j'étais là. Ils ont décidé qu'il l'emmènerait acheter ses vêtements pour l'école la semaine prochaine. Je lui ai demandé comment elle allait expliquer à Miss Debra d'où venaient les nouveaux vêtements. Elle a couvert le téléphone et m'a dit de me taire. Alors je lui ai demandé, Est-ce qu'elle oblige Jamie à laver sa bouche qui pue la cigarette avant qu'ils s'embrassent ? Elle a traîné le téléphone dans le placard et a fermé la porte. J'étais sans doute censée m'occuper toute seule pendant qu'ils papotaient.

Plus tard on était couchées dans le lit de Kachelle et on discutait, mais je n'ai pas dit la moitié des trucs que je pensais. Elle arrêtait pas de parler de Jamie ceci, Jamie cela. Que les garçons de son âge veulent seulement la baiser et qu'en plus ils sont même pas mignons. Que ça suffisait à Jamie de l'embrasser, de passer du temps avec elle et de dépenser de l'argent pour elle. Qu'il ne lui faisait pas faire des trucs qu'elle ne voulait pas faire. Je me suis demandé combien de temps ça allait durer avant qu'il lui fasse faire des trucs. Combien de temps avant qu'il devienne quelqu'un d'autre et lui fasse du mal ? Mais j'ai gardé tout ça pour moi.

Alors elle s'est étonnée, Pourquoi tu dis rien ? T'es jalouse ? J'ai dit, DE QUI ? Pas de réponse. Alors je lui ai posé une question. J'ai dit, Tu crois que le paradis, ça existe ? Elle a répondu, Bien sûr. Alors j'ai dit, Je crois que le paradis, c'est un mensonge. Elle s'est assise dans le lit et a dit, Dieu va te frapper si tu parles comme ça, Jael ! J'ai ri et je lui ai dit que Dieu n'était qu'un homme blanc que les renois stupides avaient inventé, comme le père Noël. Ça ne lui a pas plu du tout. Elle a croisé les bras et a dit, Bon s'il y a pas de Dieu, alors explique-moi. Où on va quand on…

Elle n'a même pas pu prononcer « meurt », tellement elle est trouillarde. J'ai ri et je lui ai tourné le dos dans le lit. Et on s'est tues, puis on s'est endormies.

Le soir suivant, en rentrant à la maison, je suis de nouveau passée devant chez Jamie. Il était devant la maison et arrosait l'herbe avec un tuyau. Le soleil s'était couché, il faisait un peu frais et pour une fois il ne transpirait pas. Il a crié, Salut, Mignonne. J'ai répondu, Salut. Il a dit, Tu es toujours pressée. Arrête-toi et viens me voir un jour.

J'ai dit, D'accord.

***

Tout est ma faute. J'ai choisi le nom de la petite dans la Bible, au hasard, mais c'est moi qui l'ai choisi. Ma mère, sa mère avant elle et sa mère avant elle, mes sœurs, mes tantes et leurs enfants… Nos noms ont tous été choisis dans la Bible. La plus vieille femme de la famille ouvrait la grosse Bible familiale et posait le doigt sur la page. Le nom de femme le plus proche de son doigt devenait le nom du bébé fille à naître. Et on continuait à tourner les pages et à poser le doigt tant qu'on avait pas trouvé un nom de femme. On a mis au monde que des filles. Depuis sept générations, que des filles. Si je croyais à la chance et si nos vies avaient mieux tourné que comme elles l'ont fait, je dirais que c'était un sept porte-bonheur. Mais quand même, je joue parfois quelques sept au loto. Juste de temps en temps, rien de régulier. Parce que peut-être les sept, c'est un message du Seigneur. On dit souvent : « Les voies du Seigneur sont impénétrables. » Mais c'est pas dans les Écritures. C'est un hymne. C'est dans Romains 11:33 qu'on trouve : « O profondeur de la richesse, de la sagesse et de la science de Dieu ! Que Ses jugements sont insondables et Ses voies incompréhensibles ! »

Jouer des sept m'a aidée une ou deux fois à finir le mois. Le Seigneur peut pas m'en vouloir pour ça. Sept générations de filles. Dorcas en 1871. Adah en 1890. Les cinq filles d'Adah : Chloe, Mara, Shelomith, Salome et en 1906 ma mère, Matred. Damaris, moi, 1922, et mes jeunes sœurs Vashti, Euodia et Cozbi. Ma fille Timna en 1937. La mère de Jael, Keturah, en 1955. Et tout un tas de nièces, petites-nièces et cousines, j'ai oublié. Avant je savais tous leurs noms.

Je l'ai appelée Jael. Mon doigt a atterri direct sur ce nom. D'habitude je devais chercher dans la page un nom de fille ou recommencer sur une autre page. Mais cette fois, j'ai atterri direct dessus. J'étais tellement excitée, j'ai pensé que c'était le signe que cette petite serait bénie. Qu'elle serait différente. J'ai pas pris le temps de lire l'histoire de Jael dans la Bible jusqu'à bien plus tard.

Peut-être que si je l'avais lue, j'aurais choisi un autre nom. Mais sans doute pas. À quoi ça aurait ressemblé de pas suivre une tradition vieille de six générations ? On parlait jamais des histoires de ces noms. On tombait sur un nom, et c'est celui-là qu'on donnait.

Au début, quand Jael prenait le bus pour l'école, il y avait des gosses qui la taquinaient, qui l'appelaient « Jailbird[6] », surtout Twan. Lui, c'est un des petits-fils mal élevés de Verdine Russell. Il la suivait de l'arrêt de bus jusqu'ici et je l'entendais lui crier devant la maison : « Jailbird ! Jailbird ! »

6. Taularde.

Et les autres gosses riaient et criaient aussi. Et alors la Kachelle leur répétait : « C'est JAH-ell. » Ils continuaient. Mais Jael les écoutait pas. À l'époque, je pensais qu'elle faisait bien de les ignorer et de les remettre au Seigneur comme je lui avais dit de faire. Mais maintenant je sais que leurs moqueries ont fait qu'arroser la mauvaise graine plantée en elle.

On se réunissait pour trouver le nom. Ma mère et sa mère, quand elles vivaient ; mes sœurs et moi ; nos enfants et puis leurs enfants et ainsi de suite. On faisait la cuisine et on mangeait. On demandait à Dieu le Père de bénir la mère et le bébé fille qui allait naître. On riait et on racontait des histoires. Et quelqu'un, en général un homme qui était là à ce moment-là, finissait toujours par demander : « Et si c'est un garçon ? » On riait encore plus.

Même si on se disputait, s'énervait et se bagarrait entre nous la veille, la tradition nous réunissait. On respectait la tradition. À quoi d'autre on pouvait se raccrocher ? Cinq générations vivaient quand Jael est née parce qu'on avait nos bébés jeunes, à quinze, seize, dix-sept, dix-huit, dix-neuf ans. Y a pas de fierté ni de honte à ça. C'était comme ça, voilà tout. Une famille de femmes, et on a eu des moments terribles avec les hommes. Les bons mouraient jeunes et les mauvais vivaient assez longtemps pour qu'on souhaite leur mort. Dieu me pardonne.

Il y a quelques années, les gens de la télé sont venus et ont fait un reportage sur notre réunion de famille. Dans une émission nationale. Mais maintenant ma mère, mes tantes, mes sœurs, ma fille, la mère de Jael… elles sont toutes mortes, sauf ma petite sœur Vashti, quelques cousines et des nièces et des petites-nièces. Sans doute qu'elles nomment leurs bébés n'importe comment maintenant parce que j'ai pas de leurs nouvelles. Peut-être même qu'elles ont eu des garçons. Qui sait ?

Jael est la dernière que j'ai nommée. Et elle est ma croix.

J'ai nommé aussi celles que je n'ai pas mises au monde, celles pour qui j'ai bu la tisane et dont je me suis débarrassée, Seigneur Jésus, pardonnez-moi. Anah. Shimeath. Ruth. Baara.

***

La bouche à clope n'avait pas aussi mauvais goût que je pensais. Ou peut-être parce que j'avais autre chose en tête, je m'en fichais. Finalement, ça vaudrait la peine. Les cigarettes que Jamie fumait tout le temps me donnaient quand même envie de vomir. Mais je n'ai pas vomi. Je lui ai souri à travers la fumée.

On s'embrassait sur le canapé depuis un moment. Puis Jamie a dit qu'il commençait à faire nuit et que je ferais peut-être bien de rentrer avant que Granny se fasse du souci. En plus, il devait se lever à 3 heures du matin pour travailler. Il travaillait à l'usine de pain Sunbeam. Je lui ai répondu que Granny ne rentrerait pas de l'étude de la Bible avant au moins une heure. Et qu'on pouvait faire plus que s'embrasser. Il m'a demandé si j'avais déjà fait plus avec quelqu'un d'autre. J'ai dit que non, ce qui est la vérité. Jamie m'a demandé si j'allais le dire à Kachelle. J'ai répondu que je lui racontais pas mes histoires. Il m'a fait un tout petit sourire comme s'il aimait bien cette réponse mais ne voulait pas le montrer. Et c'est ce que je lui ai répondu. Il a ri et a dit, T'en rates pas une, hein ?

Il a commencé à me renverser sur le canapé. Je lui ai demandé s'il avait une capote. Il a eu l'air tout déçu et a répondu, Oui. Il s'est levé et je lui ai dit de se brosser les dents pendant qu'il y était. Il a ri et a dit, Toi, t'es pas croyable.

Le temps qu'il se brosse les dents et qu'il revienne avec la capote, j'étais sortie dans la cour. Il faisait nuit et il n'y avait pas de bruit. Jamie m'a rejointe et m'a demandé, Qu'est-ce qu'il y a ? Il avait pas l'air en colère. Il chuchotait presque. Je lui ai répondu qu'il n'y avait rien. Que j'avais juste changé d'avis et que je ferais mieux de rentrer. Il a hoché la tête très lentement, a dit d'accord et que j'étais la bienvenue n'importe quand.

En rentrant à la maison, c'était comme si toutes les pensées dans ma tête faisaient la course pour arriver la première. Je n'arrivais pas à m'accrocher à une seule à la fois. Arrivée dans ma rue, une pensée a fini par gagner : Sweet Sadie. Je ne l'avais pas vue depuis un moment, depuis que Granny partait à l'église sans moi. Mais je pense beaucoup à elle et elle me manque.

***

Ça m'a pas réveillée. Je dormais pas très bien ces dernières semaines, alors j'ai pris un cachet dès que je suis rentrée de l'étude de la Bible et ça m'a assommée tout de suite. Mais Barbara, ma voisine, a dit qu'elle avait entendu, qu'elle dormait comme une souche et que ça l'avait réveillée un peu après trois heures ce matin. Elle a dit que c'était un gros *boom !* Et elle a cru que c'était le tonnerre, alors elle s'est retournée et s'est rendormie. Mais après elle a entendu les sirènes.

La police a dit que c'était une fuite de gaz à la gazinière. C'était aux nouvelles ce matin. Ils ont dit qu'il s'appelait Jamie McWhite, mais ils n'avaient pas de photo. Ma mère était amie avec des McWhite il y a longtemps quand j'étais petite. Barbara a dit que c'était le type à la peau claire qui conduisait la Cadillac blanche. Elle a dit que sa mère – qu'elle repose en paix – s'appelait Porter et que c'était dans sa maison qu'il vivait. Maintenant je me souviens d'elle, mais c'était il y a longtemps et je savais pas qu'elle avait des enfants. Barbara a dit que le père de Jamie l'a élevé, là-bas, à l'est de la ville. C'est pour ça que je ne le connaissais pas. Mais Barbara connaît une femme qui vit pas loin de chez lui et elle a dit à Barbara que chaque fois qu'elle le voyait, il avait une cigarette au bec. Et les cigarettes et le gaz font pas bon ménage. Heureusement qu'il vivait dans une impasse et que la maison d'à côté était vide. Barbara dit qu'il y a eu quelques dégâts dans les maisons derrière la sienne, mais « pas d'autres victimes » qu'on a dit aux nouvelles.

Jael a fait quelque chose ce matin qu'elle avait pas fait depuis des années. Elle s'est couchée avec moi dans mon lit et s'est rendormie.

Un peu plus tard, la Kachelle a commencé à appeler Jael au téléphone, l'air triste. Elle a appelé toute la journée. Mais Jael secouait la tête quand j'essayais de lui tendre le téléphone. Finalement, à peu près à la dixième fois que cette petite dévergondée a appelé, je lui ai dit : « Dieu aime pas les vilains » et j'ai raccroché. Elle a pas rappelé après ça.

Mais il faut que je parle à Jael. Je sais toujours pas quoi lui dire. Cette gamine pensait faire ce qu'il fallait. Et oui, c'était un homme mauvais, mauvais. Mais la Bible dit clairement : « Tu ne tueras point » et « À moi la vengeance, dit le Seigneur ». Et si la femme que connaît Barbara a vu Jael quitter cette maison hier ? Et si elle le dit à la police ?

Peut-être que Jael peut raconter à la police comment il s'amusait avec elle et la Kachelle. La police comprendrait quel genre d'homme il était.

Mais si la police comprend pas ? Si elle dit que Jael est une allumeuse qui… ?

Seigneur Jésus, donnez-moi les mots qu'il faut pour parler à cette gamine et qu'elle me prête l'oreille !

Et veillez sur moi, Seigneur Dieu.

***

Je vais mettre mon réveil pour me lever dimanche matin et aller à l'église avec Granny. Je veux revoir Sister Sadie. En vrai et pas seulement dans mes rêves.

Granny dit toujours, C'est pas parce qu'on ferme les yeux qu'on dort. Et je suis comme ça. Je ne dis pas tout ce que je sais. Je garde certains trucs pour moi. Des fois pour toujours, des fois jusqu'à ce que ce soit le bon moment. Je laisse croire aux gens que je ne sais pas ce qui se passe. Et alors, quand ils s'y attendent le moins… je frappe.

Mais ce n'est pas obligé. Tant que les gens se taisent, me laissent tranquille et s'occupent de leurs affaires, ce n'est pas obligé.

***

Bénie soit entre les femmes, Jaël,
Femme de Héber, le Kénien !
Bénie soit-elle entre les femmes qui habitent sous les tentes !
Il demanda de l'eau, elle a donné du lait,
Dans la coupe d'honneur elle a présenté de la crème.
D'une main elle a saisi le pieu,
Et de sa droite le marteau des travailleurs ;
Elle a frappé Sisera, lui a fendu la tête,
Fracassé et transpercé la tempe.
Aux pieds de Jaël il s'est affaissé, il est tombé, il s'est couché ;
À ses pieds il s'est affaissé, il est tombé ;
Là où il s'est affaissé, là il est tombé sans vie.
Cantique de Débora, Juges 5:24-27

Consignes aux maris chrétiens

L'essentiel

Vous, les maris infantilisés des femmes pieuses et parfaites, êtes des fruits commodément placés sur les branches basses. Mûrs pour être cueillis sans grand effort de ma part. Rire doux et lisse en réponse à vos tentatives d'humour, ou regard qui croise le vôtre à peine trop longtemps, mais suffisamment subtil pour que vous vous demandiez si vous avez imaginé qu'il durait un peu trop longtemps. Peut-être avez-vous simplement pris vos désirs pour des réalités en pensant que je me penchais de plus en plus vers vous chaque fois que vous parliez, que vous me branchiez et m'excitiez vraiment avec vos monologues sur les ligues de fantasy football et les barbecues. Ou peut-être voulez-vous seulement qu'une femme vous traite comme un homme pour une fois et pas comme l'un de ses enfants.

Malgré vos frustrations, vous n'avez pas forcément envie de sortir du droit chemin. C'est peut-être la première fois. Et vous n'imaginiez pas que ce serait avec quelqu'un comme moi – peau sombre, cheveux courts et frisés. Une femme si différente de votre épouse. Mes yeux, mes lèvres, mes dents, mon sourire, mon esprit, mes seins, mon rire franc vous ont séduits. Je comprends que vous ressentiez le besoin de trouver une explication à votre sortie des clous avec quelqu'un comme moi, une raison pour expliquer que je vous fais bander.

Pourquoi m'excitez-vous ? Parce que vous avez envie de moi alors que vous ne devriez pas pour de multiples raisons. *Ça*, ça m'excite. Votre désir, votre privation m'excite. Je me fiche des motifs pour lesquels votre épouse ne baise pas comme vous le souhaitez ; savoir qu'elle ne le fait pas suffit à me satisfaire. C'est vous qui prenez tous les risques, mais j'y barboterai avec vous. J'ai toujours aimé jouer dans le grand bain.

Parking

On peut se garer près de chez moi. Je vous recommande de vous garer au moins une rue plus loin. Le quartier des affaires proche fournit un alibi commode.

Réseaux sociaux et technologie

Facebook : Continuez à poster des mèmes bibliques sur la fidélité à Dieu et votre amour pour Jésus, si vous en avez l'habitude. Sinon, ne commencez pas maintenant. Voir aussi plus bas « Votre religion ».

Cette ville étant petite, Facebook est susceptible de me recommander comme une personne que vous pourriez connaître. Il va sans dire, j'espère, que vous devez supprimer cela.

Postez une photo de votre épouse sous le hashtag Woman Crush Wednesdays #wcw, mais assurez-vous d'ajouter en légende qu'elle est tous les jours votre crush. Postez aussi des photos de vous deux à votre anniversaire de mariage, à son anniversaire et à d'autres occasions, juste pour montrer à quel point elle est fantastique. Votre photo de profil doit être une photo de vous deux.

Communication : Nous n'échangerons pas nos numéros de téléphone. Nous communiquerons exclusivement via l'appli que je vous ai demandé de télécharger.

Votre téléphone : Verrouillez-le. Utilisez un mot de passe ou un schéma digital.

Photos : N'en envoyez pas. N'en demandez pas.

Note : Si vous voulez vous faire prendre, comme certains qui n'ont pas le courage de mettre fin à leur mariage de façon directe, ne tenez pas compte de ces précautions. Voir aussi « Votre conscience ».

À propos de moi

Moins vous en savez, mieux ça vaut. Et ça marche dans les deux sens. Les limites sont cruciales. Voici ce que je peux vous dire :

Je n'ai pas d'enfants et je n'ai jamais été mariée. Je vis ma vie. Je possède une pâtisserie et c'est sans doute là que nous nous sommes rencontrés. J'ai peut-être fait votre gâteau de mariage ou le gâteau d'anniversaire de votre fille. Je prépare la meilleure tourte aux pêches de la ville.

J'ai grandi en voyant ma mère manger les miettes et les restes de la table d'une autre femme. J'ai juré que cela ne m'arriverait jamais. Et me voilà qui m'empiffre jusqu'à la dernière miette.

Santé et bien-être

N'apportez *que les originaux* de vos tests de dépistage de MST datant de moins d'un mois. Aucune exception. Non, pas même si vous n'avez pas eu d'autre partenaire que votre épouse depuis des décennies. Vous comprenez certainement pourquoi je ne peux pas vous croire sur parole. Pas d'honneur parmi les voleurs. Ou quelque chose comme ça.

Si vous n'êtes pas capable de prendre vous-même le rendez-vous et de faire les examens, vous ne méritez pas de baiser.

Vous mettrez chaque fois un préservatif. Ce n'est pas négociable. Si vous êtes incapable d'avoir une érection avec un préservatif, retournez chez votre femme.

Note : Mon usine à bébés a été fermée il y a un certain temps, par une opération. Pas d'inquiétude à ce sujet.

Votre religion

Je vous en prie, continuez à enseigner le catéchisme, restez chef des scouts et diacre à l'église.

Si vous vous sentez coupable, n'essayez pas de me convaincre ou de m'inviter à l'église. Ne me demandez pas de me repentir, car je ne regrette rien.

Vous ne pouvez pas me sauver, car je ne suis pas en danger.

Votre épouse

Ne dites pas de mal d'elle devant moi. Si elle se contente d'être allongée comme une étoile de mer pendant que vous faites l'amour ou si elle vous émascule quand vous êtes en public, je ne veux pas le savoir. C'est une pente glissante pour justifier votre présence et ce n'est pas de ça qu'il est question.

Vous la connaissez *elle*, mais moi je connais les femmes. Vous supposez qu'elle serait furieuse ou déçue d'apprendre que vous la trompez. Mais vous pourriez être surpris de savoir que certaines femmes sont en fait soulagées. Votre épouse apprécie probablement la paix et la tranquillité qu'elle éprouve quand vous allez satisfaire vos besoins ailleurs. À dire vrai, elle a peut-être envie de faire l'amour, mais pas avec vous, plus avec vous. Il faut peut-être songer à aller voir un conseiller conjugal pour en comprendre les raisons. Voir aussi « Psychologue ».

Argent

Les cadeaux sont les bienvenus, mais ne me proposez pas d'argent ni de payer mes factures. Je ne suis pas une travailleuse du sexe.

Sexe

Vous pouvez me donner des fessées ou me faire porter de la lingerie vulgaire. Je trouve cela assommant et affreusement conventionnel, mais je m'y résoudrai. Voir aussi « Fantasmes ».

Je jouis facilement et à répétition. Comprenez que cela a très peu de rapport avec vos prouesses sexuelles. M'exciter est facile. Mais j'ai besoin de stimulation mentale et intellectuelle. Entrez dans ma tête. Surprenez-moi. Défiez-moi.

Je ne suis pas trop intéressée par votre bite, même si c'est important. J'aime les mains. J'aime vraiment beaucoup les mains. Plus elles sont grandes, mieux c'est. Je veux être tenue, caressée, pelotée et empoignée.

J'aime aussi les lèvres, les langues et les baisers. Les baisers profonds, passionnés et les morsures. Je jouirai si vous m'embrassez comme il faut. Si vous découvrez le secret de ma jouissance, que vous l'embrassez et le touchez comme il faut, je nous noierai tous les deux.

Note : Savez-vous ce qu'aime votre épouse et ce qu'elle n'aime pas ? Vous devriez.

Votre conscience

Si vous décidez de tout avouer à votre femme, assurez-vous qu'elle ne viendra pas chez moi. Elle serait blessée. Notre arrangement est sans engagement ; si vous voulez partir, vous êtes libre. Mais n'amenez pas vos problèmes chez moi.

Et quand vous êtes là, ne lambinez pas. Je déteste le bavardage. Laissez vos nerfs dehors. Faites ou ne faites pas ; il n'y a pas de mise à l'essai possible.

Voir aussi « Psychologue ».

Substances

Ne venez pas me voir sous l'influence de quoi que ce soit. Vous devez maîtriser parfaitement vos facultés et être responsable de vos actes à tout moment.

Ne me demandez pas non plus de me procurer de la drogue. Pas même de l'herbe. Demandez à votre cousin, celui dont toute votre famille dit qu'il devrait prendre exemple sur vous.

Voyage

Je suis d'accord pour voyager si je suis prévenue suffisamment à l'avance et si c'est à vos frais.

Psychologue

Je ne suis pas votre psychologue. Je ne veux pas entendre parler de votre peur de l'échec ou de l'inadaptation, des traumatismes de votre enfance, de vos regrets de la cinquantaine, de vos enfants ou de vos frustrations au travail. C'est l'une des garanties qui tiennent les sentiments à distance et, plus important, cela me permet de ne pas vous en vouloir comme votre femme.

Votre arrivée

Posez votre alliance sur ma table de nuit. Vos mains peuvent être impeccables, les ongles taillés. Ou rêches et sèches à cause du froid, d'un manque de soins ou les deux. Mais elles doivent être grandes et votre poigne doit toujours être ferme et agressive.

Ôtez vos boutons de manchette et déboutonnez votre chemise avec monogramme. Passez votre sweat-shirt au logo de votre université ou de votre fraternité par-dessus votre tête. Enlevez le polo à rayures que vos enfants vous ont offert pour la fête des Pères.

Ôtez votre maillot de corps. Votre poitrine peut être poilue ou glabre ; que vous vous épiliez ou pas, c'est votre problème. Vos abdos peuvent être en béton et bien dessinés, ou vous avez peut-être une petite bedaine, douce et arrondie aux endroits autrefois fermes. Votre ventre peut raconter l'histoire du cognac, du gin ou de la bière quotidienne que vous buvez pour oublier. Ou pour vous souvenir.

Enlevez vos mocassins Cole Haan ou vos Adidas. Ôtez vos chaussettes. Ou gardez-les.

Jetez votre jean, votre sweat, votre pantalon de costume Armani fait sur mesure sur ma chaise, au bout de mon lit ou par terre.

Baissez votre caleçon ou votre boxer et enlevez-le. (Si vous portez un slip, je vous demanderai de partir.) Montrez que vous êtes prêt pour moi ou que vous n'êtes pas encore prêt et que mon assistance serait bienvenue.

Coupez votre téléphone, ou pas.

Indépendamment des options choisies ci-dessus, vous ôterez ce qui vous rappelle que vous n'êtes pas chez vous. Votre alliance doit rester sur ma table de nuit, visible à tout moment. C'est elle qui vous sauve la vie. Elle vous empêchera de vous perdre en moi plus de quelques heures.

Préliminaires

Je comprends que faire l'amour avec votre femme est un événement orchestré pour lequel vous vous préparez, comme pour une opération. Elle a besoin de câlins, de compliments, de massages et autres gestes romantiques pour être d'humeur à faire l'amour avec vous. Je n'ai pas besoin de tout cela. J'érige des monuments à mes impulsions et mes désirs sur le dos d'hommes comme vous.

Fantasmes

Nous avons tous un côté obscur. Je vous invite à explorer le vôtre avec moi. Je ne vous jugerai pas ni ne vous ferai honte, et il va sans dire que tous vos secrets sont en sécurité avec moi. Si vous proposez quelque chose que je ne peux pas accepter, je vous dirai simplement non et nous n'en reparlerons plus.

Je sais que certains fantasmes ne sont pas obscurs. Ils existent… voilà tout. Cette règle s'applique dans les deux sens. Pas de jugement, pas de honte. Jouer un rôle est une bonne manière de découvrir ce qu'on aime. J'ai quelques favoris que je peux partager avec vous, sur demande.

Sentiments

Désolée pour votre ego, mais une belle bite ne m'amènera pas à développer des sentiments pour vous. Si vous développez des sentiments pour moi, ne vous inquiétez pas ; ça passera.

Vous ne devez sous aucun prétexte penser à abandonner votre femme pour moi. Vous pouvez l'abandonner si vous voulez, mais pas pour moi. Je n'attends pas en coulisse que vous soyez célibataire. Rappelez-vous : mes raisons d'avoir envie de vous sont basées sur votre désir et le fait que vous soyez en zone interdite. Ne me gâchez pas ce plaisir en agissant comme un adolescent enamouré.

Note : Au cas où je commencerais à tomber amoureuse de vous, vous le saurez car je cesserai de répondre à vos textos. C'est pour la bonne cause.

Mis à part le ton austère de ces consignes, vous me plaisez vraiment et j'ai hâte de baiser avec vous. Si vous ne me plaisiez pas, si je ne mouillais pas ma culotte en pensant à vous, nous ne serions pas là.

Votre départ

Vous partirez plus que satisfait. Je vous traiterai chaque fois que nous serons ensemble comme si c'était la dernière. J'ai appris qu'il y a tant d'imprévus avec des hommes comme vous.

Douchez-vous ou non. Ramassez vos affaires. Ne laissez rien derrière vous. Glissez votre alliance à votre doigt. Marchez jusqu'à vous retrouver sur la terre ferme.

Quand Eddie Levert viendra

« C'est aujourd'hui », annonça Maman, comme tous les jours au moment où Fille entrait dans sa chambre avec le plateau du petit déjeuner.

« Bonjour, Maman. » Fille posa le plateau sur le banc rembourré devant la coiffeuse de Maman. Le soleil matinal qui brillait à travers les minces rideaux lui fit plisser les yeux. La coiffeuse de Maman était couverte de boîtes de poudre et de flacons de parfum qu'elle n'avait pas touchés depuis des mois.

Maman frôla Fille sans un mot. Elle ouvrit un tiroir de l'armoire et en sortit une blouse à manches courtes rayée bleu marine et blanc. Elle emporta la blouse sur son lit et la déposa sur une jupe en coton bleu clair à taille élastique, en lissant le tissu des deux vêtements comme si elle repassait. Elle fronça les sourcils.

« Où sont passés tous mes beaux habits ? demanda-t-elle à Fille, à la pièce, à l'air autour d'elle. Mes belles robes portefeuille et mes jupes droites ? Je veux être à mon avantage pour lui. C'est aujourd'hui qu'il vient, tu sais. Où sont mes jolies blouses transparentes et mes tailleurs-pantalons ? Tu les as vus ? Est-ce que tu les as enlevés de mon placard ? Est-ce que tu me voles ?

– Non, Maman, répondit Fille.

– J'ai acheté tous ces vêtements avec ma remise pour les employés du grand magasin Marshall Field. Tu n'as pas le droit de me les prendre. »

Fille ne rappela pas à Maman que Marshall Field n'existait plus et qu'elle n'y travaillait plus depuis les années quatre-vingt. Elle préféra guider doucement Maman du lit à son fauteuil inclinable pour la faire manger. Maman avait encore bon appétit. Une bonne chose, relativement, d'après le médecin.

Maman bavardait tout en beurrant un toast et en ajoutant du ketchup sur ses œufs, ce que Fille avait toujours trouvé dégoûtant, même si elle aimait le ketchup et les œufs.

« C'est aujourd'hui », dit Maman entre deux mastications. Des gouttelettes de ketchup maculaient le ruban blanc de sa chemise de nuit. Cela contrariait Fille de façon excessive et elle se dit qu'elle devrait penser à mettre du détachant avant de la passer à la machine. Facilement contrariée et essayant sans cesse de mettre de l'ordre dans le chaos, elle était vraiment la fille de sa mère – la mère d'avant la mère de maintenant. Par certains aspects, Fille préférait la mère de maintenant. Dans la confusion de son esprit, Maman était plus gentille – en dépit des accusations de vol – et ses besoins plus simples.

Maman se tapota la bouche avec une serviette en papier. « Délicieux. Merci, lança-t-elle dans la direction approximative de Fille.

– Je t'en prie, Maman. » Fille n'était pas encore habituée à une telle courtoisie. Elle se dirigea vers la porte. Il était presque l'heure de sa première visite immobilière de la journée. L'auxiliaire de vie allait arriver et la soulager.

« Tu peux revenir bientôt pour le plateau, cria Maman dans son dos. Il faut que je me prépare. Il va arriver bientôt. N'oublie pas de me dire quand il sera à la porte, tu entends ? »

Fille entendit, mais resta silencieuse, la main sur la poignée de la porte, tournant le dos à Maman.

« Tu m'as entendue ? » La voix de Maman prit un ton suppliant. « C'est aujourd'hui. »

Fille quitta la pièce et ferma soigneusement la porte derrière elle.

Quand elle était enfant, pendant les vacances d'été, Fille chuchotait parfois son vrai nom, simplement pour ne pas passer des mois sans l'entendre. Tout le monde, sauf ses professeurs, suivait l'exemple de Maman et ne l'appelait jamais par son nom, toujours « Fille », comme si elle n'existait qu'en relation avec sa mère, avec sa fonction dans la famille. *Fille. Femme de ménage. Cuisinière. Baby-sitter. Infirmière. Esclave.* Elle avait l'impression de n'être que cela. *Fille, tu peux faire ceci ? Fille, tu peux faire cela ?* Ce qui voulait dire : *Fais ceci. Fais cela.* Sans poser de questions ni se plaindre, sinon elle recevait une gifle. Pendant ce temps, ses frères Rico et Bruce étaient appelés par leur nom et ne faisaient que ce qui leur plaisait.

Rien ne changea vraiment quand ils devinrent adultes, sauf que Bruce mourut. Drogue. Rico, sa femme et leurs enfants vivaient à l'autre bout de la ville. Fille devait lui faire honte pour qu'il vienne quelquefois lui donner un peu de répit, même s'il ne se souciait guère de passer du temps avec Maman.

« Hé, faut qu'elle arrête de dire : "C'est aujourd'hui." » Rico s'était plaint à Fille la première fois que Maman lui avait parlé d'Eddie Levert. « Je n'ai pas envie d'entendre ces conneries à répétition.

– Je les entends tous les jours, avait répondu Fille d'un ton brusque. Tu veux ma place ?

– Tu pourrais engager quelqu'un à plein temps…

– Ou tu pourrais agir comme un fils qui ne s'en fout pas complètement. »

Rico avait croisé les bras et poussé un soupir. À quarante ans, il avait toujours une tête de bébé et une moue continuelle.

« Je ne devrais pas avoir à payer quelqu'un pour lui tenir compagnie quand tu es là. Je sais qu'elle n'a pas été une mère parfaite. Mais c'est notre mère, avait dit Fille.

– Ne me fais pas la morale », avait répondu Rico. Fille savait que Maman n'aimait pas la femme de Rico. Ce sentiment étant réciproque, elle ne connaissait pas ses petits-enfants. Mais Fille n'avait jamais demandé à Rico comment il avait vécu les deux années entre le moment où elle avait quitté la maison et celui où il s'était engagé dans l'armée de l'air. Ils avaient tous pleuré la mort de Bruce à leur manière. Mais peu importe ce qu'avait été pour Rico la vie avec Maman après le départ de Fille, cela n'avait pas pu être pire que ce qu'elle avait supporté : Maman n'avait jamais levé la main sur Rico ni sur Bruce.

« D'accord. Je ne te ferai pas la morale. Simplement… si Maman a envie de parler d'Eddie Levert, laisse-la. Elle ne fait de mal à personne, Rico. »

Du moins, pas comme avant.

La Bible dit : « Instruis l'enfant selon la voie qu'il doit suivre. Et quand il sera vieux, il ne s'en détournera pas. » Maman, dans sa vieillesse, ne parlait jamais de la Bible. Elle prêchait l'évangile de la venue d'Eddie Levert, le chanteur de son groupe préféré de l'époque, les O'Jays.

Eddie comme Maman, fils et fille du Sud, avaient dû enterrer un enfant, chose que Fille, qui n'en avait jamais eu, percevait comme particulièrement cruel. Maman avait peut-être suivi la vie et la carrière d'Eddie au fil des ans et ressenti un lien particulier et inébranlable avec lui.

Dans l'un des albums de photos de famille, gardés dans la cave de Fille, il y avait un Polaroïd de Maman et Eddie, pris dans les années soixante-dix, quand les O'Jays étaient venus en ville. Maman avait réussi à accéder aux coulisses après le concert – elle n'avait jamais raconté les détails à Fille – et avait pris la photo qu'Eddie avait signée. Maman y porte une robe courte rouge feu qui souligne ses courbes. Ses cheveux, teints en rouge cuivré, sont lissés au fer et bouclés à la Farrah Fawcett. Hormis son nez et ses lèvres pleines, elle aurait pu passer pour un sosie de Farrah, car sa peau était à peine plus sombre. La peau d'Eddie était aussi foncée que celle de Maman était claire. Il porte un costume blanc à larges revers, torse nu dessous. Son bras entoure la taille fine de Maman et il fait un grand sourire à l'appareil photo. Maman fait un grand sourire à Eddie. Quand Fille était petite, elle sortait de temps en temps l'album et contemplait la photo, preuve que Maman avait un jour été heureuse.

Fille déménagea à dix-huit ans, en partie parce qu'elle craignait que la tristesse de Maman soit contagieuse et en partie parce qu'elle en avait assez d'être la bonne de tout le monde. Une fois loin de la maison, Fille ne disparut pas complètement. Il n'y avait plus de gifles, plus de paroles blessantes, et, vu de l'extérieur, on aurait pu croire que Maman et Fille étaient proches.

Un vendredi soir, Fille et Maman étaient assises devant la table de la cuisine et attendaient l'arrivée de Rico. Fille lui avait fait honte pour qu'il vienne quelques heures et qu'elle puisse aller dîner avec Tony, un vieil ami du lycée. Tony passait de temps en temps pour s'occuper de ce dont Fille avait besoin qu'on s'occupe dans la maison. Y compris Fille. L'année précédente, après la seconde attaque de Maman et le diagnostic de démence vasculaire du médecin, Tony, pas Rico, avait aidé Fille à rassembler les affaires de Maman et à la déménager dans la maison de Fille.

Quand Tony arriva, Maman lui dit : « C'est aujourd'hui. Eddie va venir. »

Tony sourit à Maman et répondit : « D'accord, jeune dame. À plus tard ! »

Maman, radieuse, se leva pour montrer à Tony sa tenue. « C'est tout ce que j'ai trouvé à me mettre dans cette armoire. » Elle lança un regard hostile à Fille, qui se contenta de secouer la tête. « Vous croyez que ça lui plaira ?

– Oh, oui, madame ! répondit Tony. Si j'avais quelques années de moins, Eddie aurait un concurrent.

– Oh, allez donc ! dit Maman en rougissant. Il y a si longtemps que je ne l'ai vu. »

Elle tapota la table de ses ongles fuselés. De l'autre main, elle se gratta la tête. Fille s'en voulut de sa négligence ; Maman avait grand besoin d'un shampoing et d'un après-shampoing. Fille allait appeler son amie Tami le lendemain matin et voir si elle pouvait caser Maman dans son salon.

Quand Rico arriva enfin, avec un retard de quarante-cinq minutes, Maman battit des mains et s'exclama : « Voici mon petit garçon ! »

Rico embrassa Maman sur la joue, mais leva les yeux au ciel quand elle lui dit qu'Eddie allait venir. « Pourquoi est-ce qu'elle se gratte la tête comme ça ? demanda-t-il à Fille d'une voix de basse bien trop accusatrice.

– Arrête », siffla Fille. Elle se tourna vers Maman. « Maman, Tony et moi, nous sortons. Rico va te tenir compagnie. À tout à l'heure.

– D'accord », dit Maman dans le vague. Puis à Tony : « Passez un bon moment, jeune homme. »

Dans la voiture de Tony, Fille se mit à pleurer sans se cacher. Il lui frotta le dos et la laissa faire.

Une fois calmée à part quelques reniflements, elle s'excusa : « Je suis désolée.

– De quoi ? demanda Tony.

– De… tout ça. Je ne sais pas d'où c'est venu.

– C'est peut-être venu de ce que tu t'occupes de ta mère et qu'elle ne sait même pas qui tu es. Et puis Rico arrive, ne lève pas le petit doigt si tu ne le lui demandes pas, et ta mère lui montre tout son amour. Je suis surpris qu'il t'ait fallu si longtemps. »

Fille se remit à pleurer. Tony démarra. « Le dîner peut attendre. On peut juste rouler, si tu veux. »

Fille hocha la tête. « Tu sais, même après mon déménagement, j'étais toujours là pour elle. Après la mort de Bruce, elle s'est lancée dans plein de trucs – patronage, éclaireuses, catéchisme. Et je la conduisais partout où elle voulait aller. Je l'emmenais au supermarché une semaine sur deux. Je m'assurais qu'elle ne passait pas Noël, Pâques ou Thanksgiving toute seule. Moi ! Pas Rico. Et maintenant je m'occupe d'elle. Même après… même après l'enfance que j'ai eue. En essayant d'oublier le passé. J'étais là pour elle. Et je le suis encore. Mais, à ses yeux, je ne suis rien de plus qu'une auxiliaire de vie.

« Et j'essaie de ne pas être aussi conne que Rico sur l'histoire d'Eddie Levert, mais elle s'intéresse plus à ce type qu'à moi ! Tous les jours, c'est la même chose. Parfois j'ai envie de hurler : “Il ne viendra pas ! Jamais !” » Fille poussa un soupir. « Est-ce que c'est mal ? »

Tony se caressa la barbe et secoua la tête comme s'il voulait se débarrasser d'une douleur dans le cou.

« Quoi ? demanda Fille.

– Je ne veux pas parler de ce que je ne connais pas…
– Dis quand même.
– D'abord, tu as besoin de te changer les idées. Et je ne parle pas de juste sortir dîner avec moi. Tu as besoin d'une vraie pause. Des vacances. Mais plus encore… » Tony soupira. « Écoute, je ne sais pas ce que tu as vécu quand tu étais petite. Mais tu dois faire la paix avec tout ça. Je sais que c'est plus facile à dire qu'à faire. Mais je crois que tu dois trouver le moyen. »

C'est ce que j'ai toujours fait, pensa Fille sans le dire. Trouver le moyen de ne pas contrarier Maman, trouver le moyen d'empêcher Rico d'être dans les pattes de Maman, trouver le moyen d'éviter Maman, trouver le moyen de prendre soin d'elle-même sans l'aide de Maman. Accepter des jobs mal payés, puis devenir agent immobilier et découvrir qu'elle avait le don d'acheter, de vendre et d'échanger des maisons. Et à présent un second job : s'occuper de Maman. Fille jura tout bas.

« Comme j'ai dit, je ne sais pas ce que tu as vécu…, reprit Tony.
– Je vais te raconter. Mais allons manger. J'ai une faim de loup », dit Fille.

Les gens du quartier disaient que Maman pondait des gosses pour en avoir un de la bonne couleur. Fille, celle du milieu, avait la peau plus sombre que Bruce, l'aîné, même si le père de Fille était plus clair que celui de Bruce. Le troisième et dernier enfant de Maman, Ricardo, dit Rico, engendré par un musicien portoricain qui passait par là un été, était un petit garçon à la peau couleur beurre frais, aux yeux verts et aux cheveux blonds. Ses boucles serrées, ses lèvres épaisses et son nez épaté montraient qu'il ne ferait jamais illusion. Mais faire illusion n'était pas la question. D'après ce que Fille parvint à comprendre grâce à ce qu'elle observait et ce qu'elle entendait Maman confier à ses amies, ce qui comptait, c'était que Rico ait la même couleur de peau que Maman. Pour une fois, le dé de la génétique avait roulé en faveur de la fille à la peau claire qui pensait que les Noirs à la peau sombre baisaient mieux que les autres. Elle jouait à la roulette avec l'ADN chaque fois qu'elle en mettait un dans son lit.

Et puis Maman a été sauvée. C'est arrivé un dimanche de Pâques – ils n'allaient à l'église que pour la fête des Mères, Noël et Pâques. Le jour de la fête des Mères, Maman portait une fleur blanche épinglée à sa robe – Bruce l'appelait la fleur de la maman morte – et passait toute la journée dans sa chambre, avant et après l'église, à sangloter et à regretter sa mère.

Fille, Bruce et Rico avaient peu de souvenirs de leur grand-mère, une femme noire à la peau claire, bien habillée, qui avait désavoué leur mère parce qu'elle avait eu des enfants hors mariage. Mais elle était parfois venue les voir quand ils étaient petits, apportant toujours des tas de jouets, un billet de vingt dollars tout neuf pour chacun et, pour Maman, des mots cinglants sur sa façon de vivre en dehors de la volonté de Dieu. Même enfant, Fille comprenait les larmes de sa mère le jour de la fête des Mères. Elle comprenait que son cœur restait lié à sa mère, même si celle-ci la blessait parfois.

Au début, Fille et ses frères étaient heureux que leur mère ait été sauvée, même s'ils ne comprenaient pas bien pourquoi. Ils avaient douze, dix et huit ans et ils avaient l'impression que les dames de la paroisse entourant leur mère pendant que le pasteur priait avaient fait une sorte de tour de magie. Maman s'était avancée au premier rang durant l'appel à la communion, en pleurs, mais elle avait quitté l'église le sourire aux lèvres, serrant ses enfants contre elle sur le chemin du retour. La mère de Maman était morte subitement l'année précédente – Fille avait entendu Maman prononcer le mot *anévrisme*, mais elle ne savait pas ce qu'il voulait dire. Elle avait aussi entendu Maman raconter à son amie Miss Lajene qu'elle regrettait de ne pas s'être engagée dans la voie de Dieu avant la mort de sa mère.

Malheureusement, le zèle d'une convertie de fraîche date est déconcertant pour ses enfants. Un samedi soir, ils s'enfouissent sous toutes les couvertures de la maison pour étouffer le bruit de la tête de lit qui tape contre le mur de leur chambre et éviter d'entendre leur mère brailler le nom du mari de sa bientôt ex-meilleure amie. Et le samedi suivant, elle leur arrache des mains le jeu de cartes usé parce que « les jeux de hasard sont l'œuvre du diable ! ».

Fille, avec la logique d'une enfant de dix ans, pensait comprendre pourquoi le gin rami pouvait être l'œuvre du diable, car le nom du jeu comportait le mot *gin*. Mais quel mal y avait-il à jouer aux « osselets » ou à la « bataille », leurs autres jeux favoris ?

Certaines choses changèrent chez Maman d'Après (Après l'église, comme la qualifiait Fille en son for intérieur). Par exemple, bannir les cartes et les hommes de la maison. Mais d'autres demeurèrent. Elle disait toujours à Bruce et à Rico de la fermer – et à Fille de fermer sa gueule *noire* – s'ils parlaient trop fort quand elle regardait ses séries.

Et l'église ne faisait pas le poids face à Eddie Levert. Les O'Jays restaient le groupe favori de Maman et Eddie Levert demeurait son préféré. Maman d'Avant (Avant l'église) disait à ses amies Miss Nancy et Miss Lajene : « Eddie Levert peut me prendre *quand* il veut, *où* il veut et *comme* il veut, mes chéries ! Vous m'entendez ? » Et elles éclataient toutes de rire.

Maman d'Avant passait les albums des O'Jays le vendredi soir après le dîner si elle n'allait pas à un rendez-vous ou à une partie de cartes. Elle fermait les yeux, balançait les hanches et chantait avec la musique. Ses partenaires de danse : une cigarette Kool et un verre de whisky on the rocks. Elle aimait particulièrement le Johnnie Walker Red.

Ces soirs-là, Rico faisait office de DJ, changeait les albums pour Maman, tandis que Fille jouait la barmaid, ajoutant des glaçons et de l'alcool quand c'était nécessaire, avant que Maman ne demande. Ça ressemblait à un night-club pour une personne. Elle se perdait dans les chansons d'amour et pleurait à la fin de la soirée. Bruce traînait dans les rues et restait dehors le temps que Maman s'écroule sur le canapé, mais il rentrait avant son réveil au milieu de la nuit, quand elle allait vérifier qu'ils étaient tous là et se traînait jusqu'à son lit.

À l'adolescence, Bruce sortait fumer de l'herbe, voler et se bagarrer en jouant aux dés. Mais c'était Fille que Maman mettait en garde : « Ne va pas te pavaner avec la couleur que tu as ! » les rares fois où Fille sortait le soir.

Maman d'Après passait toujours ses vendredis soir avec Eddie Levert et elle avait besoin de Fille pour distraire Rico. Sans cigarette ni verre de whisky, Maman était libre d'agiter les mains en chantant, comme elle le faisait à l'église. Dans ces deux endroits, au night-club solo de Maman et à l'église, elle était animée par une émotion qui la faisait se balancer et finalement pleurer.

Mais avec le temps, Fille ne discernait plus aucune joie dans ces larmes. Les amies de Maman, Miss Nancy et Miss Lajene, demeuraient « dans le monde », comme disait Maman. Maman prit ses distances et perdit bientôt le contact. Et les dames de la paroisse qui avaient entouré Maman devant l'autel le dimanche de Pâques cessèrent de l'appeler quand elle termina la formation des nouveaux membres. Elles avaient fait leur travail. Elles avaient conduit la pauvre mère célibataire de trois enfants à l'Eau vive, comme les croyants appelaient Jésus. Mais elle n'était pas des leurs.

Des années plus tard, Fille ne voulait pas entendre parler d'église ni d'alcool, parce que les deux avaient fait pleurer sa mère.

Quand Fille et Tony revinrent du Red Lobster, Fille s'arrêta devant la porte de la chambre de Maman et fit signe à Tony de continuer jusqu'à sa chambre à elle. Elle entrouvrit la porte juste assez pour voir Maman pelotonnée sous sa fine couverture et l'entendre ronfler doucement. Elle ferma la porte et alla se laver les mains une fois encore dans la salle de bains, certaine qu'elles sentaient toujours le crabe.

Elle trouva Tony dans sa chambre, déjà couché sous l'édredon. Elle se déshabilla et se glissa à côté de lui. Depuis que Tony avait commencé à venir, dix ans auparavant, ils avaient trouvé un rythme tranquille. Il avait trente-deux ans à l'époque, avait divorcé deux fois et se sentait seul. Fille n'avait jamais envisagé de se marier ni d'avoir des enfants, elle avait toujours été indépendante et préférait sa solitude. Elle avait toutefois des besoins. Tony la faisait rire et réfléchir. C'était un amant généreux et il était disponible. Pour Fille, cela suffisait.

Fille essayait de profiter de l'instant, de savourer le sentiment que son corps était vraiment vivant contre celui de Tony. Mais ses pensées dérivaient vers Maman. Toujours Maman. Tony la serra plus fort et la caressa plus vite, comme s'il savait qu'il la perdait. La tête de lit cogna contre le mur et Fille se rappela comment Maman d'Avant ne semblait pas se soucier que ses enfants l'entendent faire l'amour. Mais la tête de lit avait cessé de cogner quand Maman avait trouvé Jésus.

Selon un vieux dicton, les mères élèvent leurs filles et aiment leurs fils. Mais qui avait aimé Maman, hormis ses enfants?

En dépit de sa dévotion à l'église et de sa chasteté, Maman n'avait jamais atteint la sérénité au-delà de toute compréhension censée accompagner l'accueil de Jésus dans son cœur. Elle ne connaissait pas non plus la joie, la joie indicible, promise par les Écritures. Ce qu'avait Maman, c'était l'amour de Jésus – au contact trop éphémère pour apaiser, pensait Fille –, un amant plus silencieux, plus passif que les hommes qu'elle emmenait dans son lit, mais qui exigeait néanmoins tout d'elle.

Le lendemain matin, après le petit déjeuner, Fille demanda à Tony de tenir compagnie à Maman un instant. Au lieu d'appeler le salon de coiffure, elle courut chez Target et acheta du shampoing pour bébé, de l'après-shampoing et tout ce qu'il fallait pour coiffer elle-même Maman.

Après le départ de Tony, Fille expliqua à Maman qu'elle allait lui laver les cheveux. Maman était encore capable de se doucher et de s'habiller seule. Fille voulait respecter son intimité et lui demanda si elle voulait bien se pencher sur l'évier.

« Eh bien… je ne sais pas. » Maman se tapota les cheveux. Ils étaient presque blancs et trop fins pour des boucles à la Farrah Fawcett, mais ils lui tombaient toujours sur les épaules. « Tu crois que ça plaira à Eddie ? Il vient aujourd'hui, tu sais.

– Oui, Maman, je sais. » Fille avala la boule dans sa gorge. « Et je pense qu'Eddie serait d'accord pour que tu me laisses te laver les cheveux dans l'évier.

– Bon, alors d'accord. »

Il lui fallut quelques essais pour trouver la bonne température. Fille avait posé plein de serviettes à portée de main de Maman, qui pouvait faire une pause et s'essuyer le visage si elle en éprouvait le besoin.

Après le shampoing et l'après-shampoing, elle emmena Maman dans sa chambre, où elle lui fit enfiler une blouse sèche. Puis Fille installa Maman devant sa coiffeuse, se plaça derrière elle et lui sécha les cheveux. Maman souriait devant le miroir.

Tandis que Fille séparait en mèches les cheveux de Maman, prenait son temps pour huiler chaque mèche et masser son crâne, Maman soupira et s'appuya contre le ventre de Fille.

« Tu sais, Maman, commença Fille. Eddie a appelé pour dire qu'il serait en retard.

– Oh, non ! s'exclama Maman.

– Mais il ne veut pas que tu t'inquiètes. Il veut que tu saches que tu es dans de bonnes mains avec moi. Il a dit : "Prends bien soin d'elle jusqu'à mon arrivée, Fille."

– Fille ?

– Oui, Maman. C'est moi. Fille.

– Et qu'est-ce qu'il a dit d'autre, Eddie ?

– Il a dit… "Explique-lui que je vais venir et que je prendrai bien soin d'elle." Et j'ai répondu : "Oui, monsieur. Je lui dirai."

– Tu as toujours été une fille très polie », déclara Maman. Elle tapota la main de Fille.

« Tu te souviens de moi, Maman ?

– Bien sûr ! »

Fille se mit à pleurer, mais ne put s'empêcher de sourire en même temps. Elle n'était pas sûre que Maman se souvienne d'elle. Mais il lui suffisait de savoir que Maman voulait qu'elle le croie.

Elle continua à masser le crâne de Maman. « Ça fait du bien ?

– Mmm-hmm », répétait Maman, puis elle se mit à fredonner un air que Fille ne reconnut pas.

Fille les voyait toutes deux dans le miroir. Claire et sombre, mais à part cela les mêmes visages ronds et de grands yeux bruns qui la regardaient. Le crâne de Maman était toujours pâle, mais sur le reste de son corps, sa peau avait foncé au fil des années. Elle était toujours plus claire qu'un sac en papier kraft et elle s'en serait vantée si sa fixation sur le sujet n'avait pas disparu.

« Maman, il y a longtemps, tu étais vraiment dure avec moi. Vraiment dure. Et je ne sais pas si tu t'en souviens. D'un côté, j'espère que tu t'en souviens, parce que je ne peux pas oublier. Mais voilà, si tu t'en souviens, je voudrais que tu t'excuses ou au moins que tu reconnaisses… »

Maman continuait à fredonner. Puis elle dit : « Tu sais, quand Eddie chantait qu'il avait beaucoup d'amoureuses, j'étais l'une d'elles. » Maman se toucha la poitrine. « Moi. Une petite rien du tout. » Maman gloussa pour elle-même. « Eddie m'a aimée un jour. Une nuit entre toutes.

– Tu n'es pas une rien du tout, Maman.

– Ah bon ? Alors qui je suis ? » Maman paraissait si lucide que Fille en fut alarmée. Comme si quelqu'un d'autre était entré dans la pièce.

« Tu es… quelqu'un qui ne peut pas me donner ce dont j'ai besoin. Mais tu n'es pas une rien du tout.

– C'est vrai ?

– C'est vrai. »

Fille coiffa les cheveux de Maman en une seule natte. Puis elle étala sur le lit une robe d'été turquoise neuve.

« Je sors et je te laisse t'habiller. Et je t'apporte ton déjeuner en revenant.

– C'est gentil. Je veux être prête quand Eddie viendra. C'est aujourd'hui», dit Maman.

Quand Fille revint avec le plateau du déjeuner, Maman était installée dans son fauteuil inclinable, lissait sa robe d'été et souriait. « Je suis belle avec cette robe, dit-elle.

– Oh oui », répondit Fille. Elle posa le plateau sur les genoux de Maman.

Maman prit la photo Polaroïd à côté de son assiette de sandwichs. Elle la contempla un moment avant de la poser et de prendre son sandwich.

Fille soupira et mit la chanson qu'elle avait téléchargée sur son téléphone. Quand les premiers accords de « Forever Mine » des O'Jays emplirent la pièce, elle espéra une lueur de reconnaissance chez Maman, un sourire ou quelque chose. Mais rien ne se produisit. Même quand Eddie entonna le troisième couplet, Maman ne parut pas se rendre compte que c'était la chanson qu'elle avait citée un peu plus tôt. La chanson se poursuivait. Fille n'était même pas sûre que Maman écoutait. Maman mangeait son sandwich et sa salade de fruits, ayant oublié la photo.

Puis, quand Eddie supplia son amoureuse de rester, Maman prit la photo et se mit à chanter avec lui d'une voix ferme et assurée.

Remerciements

Ce recueil a pris forme au fil de nombreuses années avec beaucoup de tours et de détours et je suis très reconnaissante à tous ceux qui m'ont accompagnée. Merci pour votre amour, votre amitié, votre soutien, vos encouragements, vos conseils, vos repas, vos rires tard dans la nuit, votre aide technique, vos réactions, vos pauses danse et votre foi inébranlable en moi et en mes nouvelles : Chris Ivey, Tyrese Coleman, Fran et Alan Edmunds, Renee Simms, Bassey Ikpi, Faith Adiele, Lonnae O'Neal, Stanley Love Tate, James Bernard Short, Diana Veiga, Khaliah Williams, Danielle Evans, David Haynes et tous ceux du Kimbilio Center for African American Fiction, Teresa Foley, Aaliyah Thomas, Melanie Dione, Adam Smyer, Dr. DeMarquis Clarke, Damon Young, Chanie Infante Louisma, Doug Anthony, Tony Burroughs, Wade Carver, Quake Pletcher, Eyan Spaulding, Harry Weaver III, Daniel Henry, Alison Kinney, Mark Sequeira, Rev. Maxwell Grant, Bomani Jones, Mat Johnson, Amber Edmunds, Renelle Carrington, Toya Smith, Celeste C. Smith, Bernadette Adams Davis, Swati Khurana, Meredith Driscoll, Carolyn Edgar, Lawrence Wagner et Sekou Campbell.

Un grand merci à Derek Krissoff, Sara Georgi, Jeremy Wang-Iverson, Sarah Munroe, Charlotte Vester et à toute l'équipe de West Virginia University Press pour avoir soutenu et pris soin de ce recueil avec tant d'enthousiasme.

Grand merci à ceux qui m'ont suivie depuis le début : Tamara Winfrey Harris, Yona Harvey, Taneshia Nash Laird, Rebecca Lusolo, Genie Maples et Issa Mas (ma Celie !). Vous m'avez emmenée jusqu'ici. Merci, je vous aime !

Tous mes remerciements et mon affection à mes lecteurs attentionnés, ma super-équipe et mes chers amis : Brian Broome, Asha Rajan, Abeer Hoque, Mimi Watkins, George Kevin Jordan, Samantha Irby et Kiese Laymon.

Dennis Norris II, merci pour tous les thés et l'amitié, et pour avoir aimé et publié la toute première nouvelle (« Eula ») de ce qui deviendra ce recueil.

Grand merci également aux éditeurs de *Cheat River Review, Baltimore Review* et *Barrelhouse Magazine* pour avoir publié les versions précédentes de certaines de ces nouvelles.

Et merci à Ansel Elkins pour « The Autobiography of Eve ». Ce poème est un trésor.

Toute mon affection et ma gratitude à Vanessa German pour ses innombrables cadeaux, gentillesses et encouragements qui rendent le monde meilleur.

Merci pour l'amitié et les rires de : Dr. Tyffani Dent, DeShong Perry, Dr. Carolyn Strong et Dr. LaTasha Sturdivant.

Merci à mon extraordinaire agente, Danielle Chiotti, pour avoir la première imaginé ce recueil et pour m'avoir guidée à chaque étape jusqu'à la dernière ligne.

Merci à Laura Szabo-Cohen et Tony Norman d'être des mentors et des amis géniaux. Plus de vingt ans, cela fait un sacré bout de temps…

À mes sœurs – Donnette, Shalawn, Tiffany et Felicia –, notre histoire ne fait que commencer.

Merci à Taylor et Peyton de votre patience et d'être fiers de moi. Je vous aime !

Enfin, merci à ma mère et à Nay-Nay de m'avoir envoyée à l'église et au catéchisme durant toutes ces années. Vous me manquez tous les jours.

Table

Mise en pages :
Anne Offredo, Valravillon

Cet ouvrage a été achevé d'imprimer
en mars 2022 dans les ateliers de
Normandie Roto Impression s.a.s.
61250 Lonrai

N° d'imprimeur : 2201406
Dépôt légal : avril 2022
ISBN : 978-2-84876-939-4
Imprimé en France